Owens widerwilliges Glück

CHRIS KENISTON

Indie House Publishing

Indie House Publishing

KAPITEL EINS

An manchen Tagen wünschte sich Owen Michael Farraday, er könnte einfach auf sein Hemd klopfen und Scotty sagen, er solle ihn hochbeamen. Wobei natürlich die Familienranch in Oklahoma das Mutterschiff sein musste. Im Idealfall wäre das Hochbeamen auch eher wie bei der TV-Hexe, die mit der Nase wackelte und sofort an einem anderen Ort war. Dann wäre das Pendeln zwischen zwei Bundesstaaten nicht so anstrengend.

Die lange, heiße Dusche war ein kleines Stück vom Himmel gewesen. Nach der fast siebenstündigen Fahrt zum Haus der Familie in Oklahoma hatte ihm sein Rücken klar gemacht, dass Pendeln zwischen Oklahoma und Texas trotz des Komforts seines schönen neuen Pickups zu anstrengend wurde. Die moderne Welt war so weit fortgeschritten. Man konnte ohne Tastatur mit Computern sprechen, von überall auf der Welt sofort über Mobiltelefone kommunizieren – und dabei per Video-Call sogar die lächelnden Gesichter der Gesprächspartner sehen. Wie schwierig wäre es also, neben diesen und weiteren Science-Fiction-Erfindungen, auch Hochgeschwindigkeitsreisen zu verwirklichen? Aber wenn er ehrlich zu sich selbst war, gewann das Leben und Arbeiten in Texas und die Abgabe der Projekte in Oklahoma immer mehr an Reiz. Vor allem, wenn er an die ständigen Fahrten und die stetigen Versuche dachte, seine Mutter bei Laune zu halten, während er hier war.

In der Zwischenzeit war es ihm, dank all der wunderbaren Fortschritte der modernen Technologie, zumindest gelungen, mehrere Telefonate zu tätigen, um zwei der laufenden Renovierungsarbeiten in Oklahoma wieder auf die richtigen Bahnen zu lenken. Obwohl er seine Geschäfte lieber von einem bequemen ergonomischen Stuhl aus erledigte – ja, so alt war er schon geworden –, war Fortschritt beim Autofahren immer noch Fortschritt. Die Bautrupps der *Farraday Brothers Construction* gehörten zu den Besten und waren in der Lage, ihre Arbeit zu erledigen, ohne dass er oder seine Brüder sie bis ins kleinste Detail beaufsichtigen mussten. Wenn er nur dasselbe über einige ihrer Subunternehmer sagen könnte.

Speziell eine davon war Ursache für beide Telefonanrufe. Eine der von ihnen beauftragten Innenarchitektinnen hatte die unangenehme Angewohnheit, bei ihrer Arbeit das Budget zu überschreiten. Die Frau hatte überhaupt kein Gespür für Zahlen, aber bei den Renovierungsarbeiten im Chez Gerard, einem der exklusivsten Restaurants im gesamten Bundesstaat Oklahoma, musste sie den Verstand verloren haben. *Farraday Brothers Construction* hatte es geschafft, sich bei diesem Projekt gegen fünf der besten Konkurrenten durchzusetzen. Der Spielraum war knapp und im Gegensatz zu den meisten anderen Projekten war das Notfallbudget so gut wie nicht vorhanden. Sein Bruder Neil hatte darauf bestanden, dass Constance Swenson die richtige Wahl wäre. Wenn man bedachte, wie oft Owen sich mit ihr wegen der Zahlen streiten musste, war er nicht ganz davon überzeugt, dass sie dafür geeignet war. Nach mehreren Anrufen bei ihrem Buchhalter, der Möbelgalerie und dem Logistikunternehmen, das für die Lieferung der importierten Stühle – speziell aus Frankreich – verantwortlich war, würde es ihm nichts ausmachen, ihr ihren hübschen kleinen Hals umzudrehen. Aber würde er das tun, wären sich seine Mutter und Tante Eileen einig: Sie würden ihn beide umbringen.

Nun lag es an ihm und seinen Brüdern, einen Weg zu finden, die unerwarteten Kosten für importierte Restaurantstühle auszugleichen. Er trocknete sich mit einem Handtuch die Haare, schüttelte den Kopf und fragte sich: Was war falsch an *Made in the U.S.A.*?

Das Geräusch von Stiefelabsätzen, die die Holzstufen des alten Ranchhauses hinaufstapften, hallte durch den Flur. Er hatte immer gedacht, dass das Zuhause seiner Familie ein gemütlicher Ort sei, aber es konnte dem Haus seines Onkels Sean nicht das Wasser reichen.

„Es wurde auch Zeit, dass du kommst." Die Stimme seines eineiigen Zwillingsbruders Paxton dröhnte vom Ende des Flurs zu ihm herein. „Wir haben nicht den ganzen Tag Zeit."

Als sein Bruder mit ein paar langen Schritten sein Zimmer durchquerte, wickelte Owen sich das Handtuch um die Hüften und riss die Badezimmertür auf. „Wofür?"

„Das morgige Designtreffen für das neue Geisterhotel wurde auf heute verschoben."

„Wir müssen wirklich einen neuen Namen für den Laden finden. Man kann diesen Abschnitt der Dreharbeiten über die Renovierung der Geisterstadt nicht Geisterhotel nennen."

„Ich verstehe nicht, warum nicht." Pax zuckte mit den Schultern. „Jedenfalls ist Neil immer noch in Tuckers Bluff, also musst du dich mit Harriet treffen. Glücklicherweise ist dies nur das Treffen für die Vorprüfung. Wir gehen die von Neil erstellten Pläne und das von dir angesetzte Budget durch, zeigen ein paar Fotos des *Nicht*-Geisterhotels und besprechen die

Richtung, in die wir gehen wollen."

Dem Himmel sei Dank hatte Neil nicht auf diese Frau bestanden, die ihm Kopfschmerzen in der Größe des Staates Texas bereitet hatte. „Warum ich?"

„Ich habe es dir gesagt. Neil ist immer noch in Texas und du bist hier."

„Du ebenfalls." Warum sein Bruder wollte, dass er sich mit dem Designteam traf, war ihm ein Rätsel. Er war der Mann für die Zahlen. „Du bist Landschaftsarchitekt und sie ist Innenarchitektin. Ihr beide sprecht wahrscheinlich dieselbe Sprache."

„Pflanzen und Tapeten haben nichts miteinander zu tun."

„Ihr seid beide kreativ. Bei mir dreht sich alles um Zahlen und Tabellenkalkulationen. Du sprichst ihre Sprache."

„Wenn ich die Bestellung für das Projekt in Downtown nicht abholen müsste, würde ich es tun. Aber letztes Mal hat uns die Gärtnerei mit zu vielen minderwertigen Pflanzen versorgt. Wenn sie das hier auch vermasseln, war's das für sie. Auch wenn das bedeutet, ins nächste County fahren zu müssen, um eine anständige Gärtnerei zu finden. Ich habe also keine Zeit, hin und her zu fahren, wenn sie heute noch einmal versuchen, uns Müll anzudrehen. Also muss ich mit der Crew zum Abholen fahren und der Gärtnerei zeigen, mit wem sie es zu tun hat."

Na gut, er würde für seinen Bruder einspringen. Das wäre nicht das erste oder letzte Mal, dass ein Anbieter versuchte, sie übers Ohr zu hauen, wenn er dachte, sie würden nicht mehr nachprüfen. Trotzdem. „Warum die Eile? Warum nicht wie geplant morgen?"

Paxton zuckte mit den Schultern und ließ ein schiefes Grinsen aufblitzen, das ein Lächeln sein sollte. Noch bevor sein Zwilling den Mund öffnete, wusste Owen, dass ihm nicht gefallen würde, was Pax zu sagen hatte. „Etwas über einen festen Termin für eine Mani- und Pediküre und den Wunsch, ihren Platz nicht zu verlieren."

Hatte sein Bruder das wirklich gerade zu ihm gesagt? Paxton wollte, dass Owen seine Mutter versetzt und Neils Arbeit erledigt, weil die Lady ihre Zehen lackiert haben wollte?

„Schau mich nicht so an." Paxton hob seine Hand. „Ich diskutiere nicht mit einer Frau wegen ihrer Schönheitsroutine."

„Harriet ist so alt wie Mom. Welche Schönheitsroutine?"

„Wir fragen nicht, wir zagen nicht …"

Gott, er hasste es, wenn sein Bruder dieses Zitat benutzte. Unweigerlich führte es immer dazu, dass er sich auf etwas einlassen würde, was er nicht tun wollte – so wie heute. „… Gehorchen ist unsere einzige Pflicht."

„Wenn du dich dadurch besser fühlst, Tammy hat zwar keine Zeit, nach Texas zu pendeln, aber sie wird an der Besprechung teilnehmen."

Das zauberte ihm ein Lächeln ins Gesicht. Er und Tammy waren schon so lange befreundet, dass er den Überblick verloren hatte, und seit sich die *Construction Cousins* für die Reality-TV-Serie auf die Renovierung der alten Geisterstadt eingelassen hatten, hatte er sie nicht mehr gesehen. Sie hatten ein oder zwei Mal versucht, ob mehr aus ihnen werden könnte, waren aber immer zum gleichen Schluss gekommen: Sie waren bessere Freunde als Liebende. „Es wird schön sein, sie zu sehen."

„Also gehst du?" Ein aufrichtiges Grinsen erschien auf den Lippen seines Bruders.

„Du weißt, dass ich das werde, aber dir ist auch klar, dass Mom gerade in der Küche jedes meiner Lieblingsgerichte kocht. Sie erwartet, dass ich den Rest des Nachmittags mit ihr verbringe. Wenn ich jetzt gehe, wird sie mehr als nur sauer sein. Ich möchte gar nicht an ihre Reaktion denken, wenn sie erfährt, dass ich nur ein paar Tage in Oklahoma bleibe. Ich muss am Montag zurück in Tuckers Bluff sein, um die Änderungen mit dem Filmteam zu besprechen, und dann muss ich mit Neil die Details für das Geisterstadt-Event durchgehen. Du weißt, wie aufgebracht Mom wegen all der Zeit ist, die wir nicht zu Hause verbringen. Seit sie erfahren hat, dass wir in Tuckers Bluff rumhängen, ist sie fast unmöglich." Er hatte keinem seiner Brüder erzählt, wie oft seine Mutter ihm Nachrichten mit Ausreden geschickt hatte, warum er schnell nach Hause kommen müsste. Er hatte keine Ahnung, warum sie gerade ihn dazu auserkoren hatte, aber soweit er wusste, sagte sie zu den anderen Brüdern kaum etwas.

Pax legte seine Hand in seinen Nacken, schüttelte den Kopf und ließ sich auf die Ecke des Bettes sinken. „Ich schwöre, irgendetwas an Texas bringt das Schlimmste in unserer Mutter zum Vorschein. Sie hat zwanzig Minuten damit verbracht, darüber zu reden, dass Neil und Morgan sie verlassen haben, und ich werde nicht wiederholen, was sie über Tuckers Bluff gesagt hat."

„Nichts, was wir nicht schon tausendmal gehört haben." Allerdings wünschte er sich wirklich, dass jemand eine Ahnung hätte, warum ihre Mutter Texas und die anderen Zweige der Farradays mehr hasste als Einkommenssteuern.

Pax stand auf. „Jetzt, wo wir das geklärt haben. Du triffst dich mit Harriet und ich fahre in die Gärtnerei."

„Nicht so schnell." Er schnappte sich ein Hemd aus dem Schrank. „Ich vertrete Neil, aber du sagst Mom, dass ich gehen muss."

„Fies." Pax seufzte. „Gut. Aber du schuldest mir etwas."

Owen verdrehte lediglich die Augen und warf das Handtuch in den Wäschekorb. Was würde heute wohl noch schief gehen?

„Oh Gott, was für eine Schönheit." Connie stand im Büro ihrer Freundin und Kollegin Tammy und bewunderte den fast unversehrten Mahagonitisch, den Tammy bei einer Haushaltsauflösung gefunden hatte. Hin und wieder stießen sie an den überraschendsten Orten auf das perfekte Möbelstück. „Ich liebe es, wenn wir ein Schnäppchen finden, das haargenau passt. Dieser schreckliche silberne Kandelaber, den Mrs. Benson so liebt, wird auf diesem Tisch großartig aussehen."

„Dem Himmel sei Dank. Ich gebe offen zu, dass es mir schwerfiel, dieses kitschige Ding zu präsentieren, ohne den ganzen Raum wie ein Bühnenbild für einen schlechten Horrorfilm wirken zu lassen. Aber vor allem bin ich einfach froh, dass der Tisch dabei hilft, das Budget auszugleichen. Wir hatten tausend Dollar für dieses Stück. Jetzt kann ich die ungenutzten achthundert umschichten, um die Mehrkosten für den Kronleuchter zu tilgen." Tammy drehte sich um und holte eine silberne Einkaufstüte hervor. „Da ich nicht den ganzen Nachmittag damit verbringen musste, die Stadt nach diesem Stück abzusuchen, habe ich ein paar Minuten in der neuen Boutique in der Fillmore Street Halt gemacht."

Connie war so damit beschäftigt gewesen, diesem arroganten französischen Koch alles zu geben, was er wollte, und alle davon zu überzeugen, dass sie die Ausgaben für Gerards schickes Restaurant unter Kontrolle hatte, dass sie keinen Moment Zeit gehabt hatte, um sich den neuesten Laden im Künstlerviertel der Stadt anzusehen.

„Was denkst du?" Tammy hielt ein kurzes, enganliegendes Kleid in einem wunderschönen Azurblauton in der Hand.

„Oh mein Gott." Sie streckte die Hand aus, um die zarte Perlenstickerei zu berühren.

Tammy runzelte die Stirn. „Ist das gut oder schlecht?"

„Gut. Bei deiner Figur wird das Kleid umwerfend an dir aussehen."

Das Gesicht ihrer Kollegin leuchtete vor Freude auf. „Danke!"

„Vielleicht leihe ich mir eines Tages dieses kleine Ding von dir aus." Es hatte Vorteile, gute Freundinnen zu haben, die genauso groß waren wie man selbst. Sie und ihre Freundin hatten sich im Laufe der Jahre schon des Öfteren formelle Kleider geliehen, was ihr Budget sehr zu schätzen wusste.

Tammy drückte das Kleid an sich und wirbelte herum. „Jetzt brauche ich nur noch einen Ort, an dem ich es tragen kann."

„Ich habe gehört, dass Owen Farraday wieder in der Stadt ist. Ich bezweifle, dass es großer Überredungskunst bedarf, ihn dazu zu bringen, dich an einen Ort zu bringen, der dieses Kleides würdig ist."

Tammy runzelte die Stirn, bevor sie seufzte. „Das denke ich auch, aber es wäre eine Schande, dieses Kleid an einen Freund zu verschwenden. Dieses Schmuckstück verdient ein ehrliches Date mit einem Mann, der dir einen Gute-Nacht-Kuss gibt und dir Schmetterlinge im Bauch bereitet."

„Willst du mir sagen, dass Owen ein mieser Küsser ist?" Connie konnte das kaum glauben. All diese Farradays waren aus demselben Holz geschnitzt und viele Frauen würden töten, um Zeit alleine mit einem davon zu verbringen. Andererseits war gutes Aussehen keine Garantie für irgendetwas anderes.

„Das habe ich nicht gesagt, aber für mich ist da kein Knistern, keine Magie. Es ist fast so, als würde man seinen Bruder küssen.“

„Ihh.“ Connie hatte das eigentlich nicht laut sagen wollen, aber die Worte verursachten bei ihr Gänsehaut, und das nicht auf eine gute Art und Weise. Allerdings hatte sie immer geglaubt, dass Tammy Owen immer noch mehr mochte, als sie zugab, und dass es Mr. Pfennigfuchser war, der ihre kurzen romantischen Liebschaften beendet hatte. Ein weiterer Grund, von Mr. Owen Farraday nicht begeistert zu sein.

Tammy kicherte und schüttelte den Kopf, ein weiterer Beweis dafür, dass sie dem Kerl immer noch nachschmachtete. Tammy drehte sich noch einmal herum und packte das Kleid ordentlich zurück in die Tasche. „Irgendwann. Wann musst du wieder im Restaurant sein?“

„Muss ich nicht.“ Die Last-Minute-Gnadenfrist bis zu einem weiteren Treffen mit den Restaurantleuten und wahrscheinlich dem Farraday-Buchhalter war ein wahrer Segen. Chez Gerard hatte sich als einer der anspruchsvollsten Jobs erwiesen, die sie seit langem gemacht hatte. Nicht, dass sich dieses Projekt von anderen kommerziellen Unternehmungen unterschied. Sie musste lediglich auf die harte Tour lernen, dass die Franzosen eine andere Sicht auf das Leben hatten. Manchmal machte es schon Spaß, aber manchmal, wie beim Fiasko um die Stühle, nicht so sehr. „Anscheinend geht eine Grippe um und er hat nur noch die Hälfte des Küchenpersonals, weshalb sie doppelt so viel Arbeit zu erledigen haben. Gerard möchte nicht, dass jemand, der nicht kocht, Platz wegnimmt.“

„Platz wegnimmt?“ Tammy kicherte. „Wie nett von ihm.“

„Nun, er hatte es vielleicht etwas anders ausgedrückt, aber ich habe die Botschaft trotzdem
verstanden."

„Ich muss zugeben, ich glaube nicht, dass mir
dieser Mann besonders am Herzen liegt." Tammy
zuckte mit den Schultern. „Aber andererseits ist es kein
Geheimnis, dass er uns auch nicht besonders mag. Ich
schätze also, damit wären wir quitt."

Connie kicherte. „Das ist eine Möglichkeit, es zu
betrachten."

„Verdammt." Tammy war auf allen Vieren vor
einem Schrank in ihrem Büro, kramte den Inhalt aus
den Regalen und legte ihn neben sich auf den Boden.
„Ich weiß, dass ich diese Muster hier irgendwo
reingeschoben habe. Sie sind in einer Plastiktüte aus
dem *Design Loft*."

„Lass mich helfen." Obwohl sich der Schrank, den
Tammy durchsuchte, in ihrem Büro befand, wurde er
von allen Mitarbeitern zur Aufbewahrung von
Produktproben und Projektresten genutzt.

Das Problem bestand natürlich darin, dass sich der
Vorrat an Kleinigkeiten in den Eingeweiden der
Unterschränke mit jedem abgeschlossenen Projekt in
besorgniserregendem Tempo vervielfachte.

Tammy stand auf. „Man sollte meinen, Harriet
könnte sich ausziehbare Regale leisten. Ich werde zu
alt, um auf den Knien nach der Nadel im Heuhaufen zu
suchen."

Wenn Tammy, die fünf Jahre jünger als Connie
war, sich für zu alt hielt, dann war Connie eine
wandelnde Leiche. „Wo ist Harriet?"

„Sie wollte sich schnell einen Burger holen. Sollte
jeden Moment zurück sein." Tammy stand auf und
klopfte sich den Staub von den Händen. Sie seufzte.
„Vielleicht sind sie im Pausenraum."

„Gute Idee." Noch immer auf allen Vieren, nachdem sie zum nächsten Schrank gekrabbelt war, winkte Connie ihrer Freundin zu. „Such du dort und ich mache hier weiter."

„Klingt nach einem Plan. Danke."

Connie steckte den Kopf tief in die unteren Schränke und warf Farbmuster, Päckchen mit Fugenmörtel, Holzbodenproben und Vinylbodenstreifen auf den Boden. Sie war überzeugt, dass sie jeden Moment auf ein Einhorn stoßen würde.

„Na, hallo, meine Schöne."

Die tiefe Männerstimme war unerwartet. Sie hatte es kaum geschafft, sich ein paar Zentimeter aus dem Schrank zu lösen, als eine sehr große Hand auf ihrem Hintern landete, wodurch sie nach oben schnellte und mit dem Kopf schmerzhaft gegen die Decke des Schranks knallte. *Was zum Teufel?*

KAPITEL ZWEI

Oh, verdammt. Das Letzte, was Owen vorgehabt hatte, war, Tammy so zu erschrecken, dass sie sich den Kopf stieß. Er hätte wirklich wissen sollen, dass es sie erschrecken könnte, wenn er sich hinter sie stellte und ihr einen Klaps auf den Hintern gab. Schließlich war dies die Art von Verhalten, durch die so mancher Mann vor die Personalleitung zitiert wurde. Aber sie ärgerten sich gerne und gaben sich von Zeit zu Zeit einen freundlichen Klaps. Dennoch hätte er es besser wissen müssen. „Es tut mir leid, ich wollte dich nicht erschrecken. Geht es dir gut?"

„Was hast du jetzt wieder angestellt, mein großer Junge?" Der Klang von Tammys Stimme ließ ihn so schnell herumwirbeln wie einen altmodischen Brummkreisel.

Und tatsächlich, drei Meter vor ihm, an der Tür lehnend, einen hohen Stoffhaufen in den Armen, schüttelte Tammy den Kopf und grinste ihn an. Jetzt stellte sich nur die Frage: Wenn Tammy auf der anderen Seite des Raumes war, wessen wohlgeformtem Hintern hatte er gerade einen Klaps verpasst? Sein Kopf schoss von Tammy zu der Person, die aus dem Schrank kroch. Ein Gefühl purer Panik raste durch seinen Rücken. Was hatte er getan? Visionen von Verhören durch die Personalabteilung und Klagen kamen ihm in den Sinn.

Leise kichernd legte Tammy die Stoffe auf den

Tisch in der Nähe, schüttelte langsam den Kopf und klopfte ihm auf die Schulter. „Nichts für ungut, aber du siehst aus, als würdest du gleich kotzen. Es ist okay. Connie wird dich nicht erschießen."

Connie? Wieder wanderte sein Blick von Tammy zu der Frau, die sich nun aufrichtete. Während sie ihre Hände aneinander strich, sagte ihr Gesichtsausdruck nichts. Er hatte keine Ahnung, ob sie darüber lachen oder ihm eine Ohrfeige geben würde. Letzteres hätte er verdient.

Constance – Connie – Swenson zog eine Augenbraue hoch und starrte ihn mit stechendem Blick an. „Ich würde lieber per Handschlag begrüßt werden."

Wenn er könnte, würde er im Boden versinken. Mit zappeligen Fingern drehte er den Rand des alten Stetson, den er in der Hand hielt, hin und her. „Bitte akzeptiere meine Entschuldigung. Ich dachte, du wärst Tammy. Du hast ein ähnliches, ähm, ich meine von hinten, ähm …" Er schloss für einen Moment fest die Augen und fragte sich, ob es eine Möglichkeit gab, nicht von einem Fettnäpfchen ins nächste zu treten. „Bitte akzeptiere meine Entschuldigung."

Sie seufzte tief und nickte. „Entschuldigung akzeptiert."

Erleichtert, dass Connie weder lachte noch ihn schlug, wandte er sich an Tammy, die immer noch leise kicherte. „Wo ist Harriet?"

„Hast du vor, sie ebenfalls zu begrabschen?" Das Grinsen auf Connies Gesicht konnte den ernsten Tonfall nicht ausgleichen.

„Connie!" Tammys Stimme klang scharf und schimpfend, wie die einer Mutter, die ihr kleines Mädchen zurechtwies.

„Sorry." Sie winkte Tammy und Owen zu. „Jetzt bin ich an der Reihe, mich zu entschuldigen. Das war unangebracht."

„Nein", Owen schüttelte den Kopf, „das habe ich verdient."

„Sagen wir einfach, wir vergessen das." Tammy lächelte. „Und Harriet wurde aufgehalten. Sie möchte, dass wir schon anfangen und die Pläne besprechen. Connie soll für sie einspringen, bis sie eintrifft."

Er breitete seine Zeichnungen auf dem Konferenztisch aus, und die drei gingen zusammen jeden Zentimeter der ursprünglichen Pläne durch.

„Ich muss sagen", Tammy entfernte die Briefbeschwerer und faltete einen der Pläne zusammen, „ich wünschte, ich könnte dabei sein. Ich denke, dass dies das Potenzial hat, eines der interessantesten und unterhaltsamsten Projekte zu werden, an denen wir je beteiligt waren. Ich meine, stellt euch vor, eine Geisterstadt wieder zum Leben zu erwecken."

Connie hatte während des Treffens sehr wenig gesagt. Wahrscheinlich, weil es nicht ihr Projekt sein würde. Vielleicht auch, weil sie immer noch sauer auf ihn war. Ob es daran lag, dass er sie wegen des Restaurantbudgets angefahren hatte oder daran, dass er ihr auf den Hintern gehauen hatte, als er glaubte, er würde Tammy begrüßen, blieb unklar. Nun nickte sie ihrer Kollegin lediglich zu. „Wirst du die Zierleisten retten?"

„Wir werden es auf jeden Fall versuchen. Was beschädigt ist, werden wir durch eine Gipskopie ersetzen. Wir haben einen Mann in Dallas, der großartige Arbeit leistet. Niemand wird den Unterschied bemerken."

Wieder nickte Connie mit fest zusammengepressten Lippen, sagte aber nichts.

„Gut." Tammy richtete sich auf. „Vielleicht habe ich nicht die Zeit, diesen Job selbst zu erledigen, aber möglicherweise schaffe ich es, vorbeizukommen und einen Blick darauf zu werfen. Ich wette, es wird großartig." Sie drehte sich zu Owen um. „Und ich wette, es macht Spaß, für eine TV-Show zu arbeiten."

„Oh ja. Einen Riesenspaß", murmelte er.

„Erkenne ich da ein Problem?" Harriet kam durch die Doppeltür. „Tut mir leid, dass ich so spät bin. An manchen Tagen habe ich das Gefühl, dass unser kleiner Winkel der Welt verdammt groß wird."

Und dem Himmel sei Dank dafür. Das ganze Wachstum sorgte dafür, dass Farraday Construction Arbeit hatte und Geld einnahm. Allerdings musste er ehrlich sein. Wenn er seine Cousins und Brüder beim fröhlichen Familie-Spielen zusah, weckte das in ihm den Wunsch, seine eigene Liebe zu finden und das hektische Treiben in der Stadt aufzugeben und sich in Tuckers Bluff niederzulassen. Das war natürlich nichts weiter als ein Hirngespinst. Egal wie es bei seinen Verwandten wirkte oder was die Stadt über die Hunde sagte, Frauen fielen nicht einfach von Bäumen.

„Mir schmeckten die Törtchen besser, als Toni noch mehr Aroma verwendet hat." Ruth Ann saß am Küchentisch der Farradays und warf eine Münze in den Pot.

„Du meinst mehr Alkohol." Als sie ihre Karten auffächerte, blieb unklar, ob Sally May wegen ihrer Hand grinste oder wegen des Kommentars zu den beschwipsten Törtchen.

„Haarspalterei." Ruth Ann schüttelte den Kommentar ab.

„Ich nehme zwei." Eileen starrte auf ihre Karten. Bisher hatte sie nur wenige gute Hände bekommen. Mehr als einmal war sie aufgestanden, um die Törtchen oder Getränke nachzufüllen. In Wirklichkeit hatte sie es öfter als nötig getan, in der Hoffnung, so ihr Spiel zu ändern. Bisher kein Glück. „Ich glaube, dass Toni seit dem ersten Geschmackstest vor der Hochzeit von Adam und Meg ein wenig zurückhaltend ist, wenn es darum geht, zu viel Alkohol in die Törtchen zu geben."

„Schade." Nora faltete ihre Karten in der Hand zusammen und seufzte tief. „Ich liebe sie so wie sie sind, aber vorher hatten sie einfach ein bisschen mehr Wumms."

„Ich muss Toni einfach bitten, mir ein paar Proben wie vorher zu machen, damit ich einen Vergleich habe." Morgans Frau Valerie war vor ein paar Monaten in das Pokerspiel hineingezogen worden, und jetzt beteiligte sie sich bei jeder Gelegenheit, die ihr Terminplan ihr erlaubte. Da die nächste Phase des Geisterstadtprojekts erst am Montag beginnen würde, wenn Paxton und Owen aus Oklahoma zurückkehrten und Neil und Morgan von einem Projekt in Austin zurückkamen, war das Pokerspiel für einen ganztägigen Marathon auf die Ranch verlegt worden.

„Klingt nach einem Plan. Ist ein bisschen wie bei Filmen." Sally May winkte ihrer Freundin mit dem Arm zu. „Leute, die einen Film im Original gesehen haben, mögen ihn tendenziell mehr als das Remake, und Leute, die das Remake zuerst gesehen haben, mögen es tendenziell mehr als das Original. Wir werden sehen, ob das auch für Törtchen gilt."

„Wir werden sehen." Valerie zog ihre drei Karten und lächelte. Die Frau genoss die gelegentlichen Spiele, aber Gott sei Dank würde sie nie ein Pokerface haben.

„Oh, da fällt mir ein." Eileen deutete auf den Stapel Fotoalben auf dem Buffet im Esszimmer. „Ich habe die alten Fotos der Kinder herausgesucht, die ich dir versprochen habe. In den beiden ganz oben sind eine Menge von deinem Mann und seinen Brüdern bei ihren

Besuchen auf der Ranch."

„Oh, wow!" Valerie blickte ins andere Zimmer und Eileen merkte, dass es ihr in den Fingern juckte, einen Blick darauf zu werfen. Es dauerte ganze fünf Minuten, bis Valerie mit ihrem Full House die Runde gewann und dann schnell aufsprang. „Macht weiter und lasst mich diese Runde aus. Ich möchte einen kurzen Blick hineinwerfen."

„Eigentlich." Ruth Ann stand auf und streckte ihren Rücken. „Ich schlage vor, wir machen alle eine Pause, um zu Mittag zu essen und beginnen danach mit dem nächsten Spiel."

„Dafür bin ich auch." Sally May stand auf und beugte sich nach links und dann nach rechts. „Außerdem hätte ich nichts dagegen, mir selbst einige dieser Fotos anzusehen. Es kommt mir vor, als wäre es gerade erst gestern gewesen und gleichzeitig eine Ewigkeit her."

Während Eileen und die anderen sich ihre Version eines Reuben-Sandwichs mit übrig gebliebenem Corned Beef zusammenstellten, platzierten Valerie und Nora die Alben auf dem Esstisch.

„Meine Güte", Nora blätterte durch eines der Alben, „wie soll man da erkennen, wer wer ist? Alle Jungs sehen gleich aus!"

Eileen reichte ihr einen Teller mit einem Sandwich und Süßkartoffelpommes und blickte über ihre Schulter. „Der da links ist Adam. Neben ihm steht Ian. Und daneben steht Morgan."

Ein süßes Lächeln erschien auf Valeries Lippen, als sie mit dem Finger über das alte Foto führ. „Schau dir diesen Hut an. Ist er nicht zuckersüß?"

„Sieht aus, als wäre er etwa zehn Jahre alt oder so." Eileen konnte sich ein Grinsen nicht verkneifen. Manchmal war es schwierig gewesen, sechs Jungen großzuziehen, aber ihr Herz war voller Liebe und glücklicher Erinnerungen.

„Wow. Das hier ist aber alt." Ruth Ann biss in ihr Sandwich und zeigte dann auf die offene Seite eines der größeren Alben. „Ist das Sean?"

Eileen kam um den Tisch, um sich das Foto genauer anzusehen. „Ja. Er muss damals etwa zwanzig gewesen sein. Ich habe vergessen, dass wir noch ein so altes Album hatten. Es ist eines der wenigen, die seine Mutter aufbewahrt hat." Sie blätterte um. „Hier sind sie alle zusammen. Sean und seine Cousins Patrick und Brian."

„Verdammt. Diese Farraday-Gene sind stark. Da fragt man sich, was mit den Genen der Mutter passiert ist." Nora kicherte leise.

„Oh. Hier sind Brian und Anne. Sie sehen so jung aus", sagte Sally May.

Eileen trat näher und kniff die Augen zusammen. „Das ist nicht Brian." Sie nahm ihrer Freundin das Album aus der Hand und hielt es nahe vor ihre Augen. „Das ist Patrick."

„Wirklich?" Dorothy, ein weiteres langjähriges Mitglied des Ladies-Clubs und Beckys Großmutter, beugte sich vor. „Für Schwager und Schwägerin sehen sie furchtbar vertraut aus."

Eileen starrte das Foto ein paar lange Minuten an, bis alle Details sich zusammenfügten. „Ich glaube mich zu erinnern, dass Helen einmal beiläufig erwähnt hat, dass Patrick und Anne kurz zusammen waren. Dann kam Brian vom College nach Hause und der Rest ist Geschichte."

„Wirklich?" Valerie blätterte langsam auf die nächste Seite. „Du willst mir also sagen, dass zwei Brüder den gleichen Frauengeschmack hatten?"

Sie nahm an, dass man es so ausdrücken konnte. Während Eileen die Bilder vor sich betrachtete, musste sie zugeben, dass der Vater der Cousins aus Oklahoma,

Patrick, und die Mutter der Cousins aus Austin, Anne, furchtbar vertraut aussahen. Sie blätterte eine weitere Seite um, als ihr etwas ins Auge fiel. Patrick stand glücklich grinsend da, während sich Anne an seine Schulter schmiegte und mit einem ebenso glücklichen Grinsen ihre linke Hand auf seine Brust legte. Eileen blätterte ein oder zwei Seiten zurück. Kein Ring am Finger. Erneut betrachtete sie das Foto des grinsenden Paares. Ja, an Annes linker Hand steckte ein neuer Ring. *Heiliger Bimbam.* War das ein Verlobungsring?

So sehr Connie auch hasste, es zuzugeben, es war nahezu unmöglich, sich auf irgendetwas zu konzentrieren, das mit der Hotelrenovierung zu tun hatte. Zum Glück war dies nicht ihr Projekt, daher war Aufmerksamkeit nicht ihre Priorität. Sie konnte sich nicht entscheiden, was sie mehr verwirrte: das Gefühl der großen, warmen Hand, die kaum einen Moment auf ihrem Hintern gelegen hatte, oder die Frage, warum sie nicht aufhören konnte, daran zu denken.

Dies war nicht das erste oder letzte Mal, dass sie Zeit mit Owen Farraday verbrachte. Zugegeben, jeder einzelne Farraday war aus demselben gutaussehenden und charmanten Holz geschnitzt, aber abgesehen von ihrer geschäftlichen Beziehung hatte sie nie einen einzigen Gedanken an sie verschwendet. In ihren Augen war Owen ein bisschen zu herrisch und zielorientiert. Sie würde sich lieber sieben Tage die Woche mit Paxton oder Morgan herumschlagen. Was die neue Frage aufwarf: Warum war sie nicht fuchsteufelswild? In der heutigen Gesellschaft war das keine Art, eine Geschäftspartnerin zu begrüßen. Es sei denn … es sei denn, sie hatte recht mit Tammys

Gefühlen für ihn, und die beiden waren mehr als nur gute Freunde.

Und wenn schon. Was spielte es für eine Rolle? Sie hatte kein Interesse an Owen Farraday. Der Mann war sowohl stur als auch unvernünftig. Er hatte ihr nie Gelegenheit gegeben, sich wegen der Stühle zu erklären. Sie war sich immer noch nicht sicher, ob er überhaupt wusste, dass sie das Budget nicht überzogen hatte – oder mit seinen Worten, gesprengt hatte. Obwohl Tammy recht hatte und das Geisterstadt-Projekt nach einem vielversprechenden Projekt aussah, an dem sich jeder Innenarchitekt gerne beteiligen würde, war das Letzte, was sie wollte, noch einmal mit Owen Farraday zusammenzuarbeiten.

Seit Harriet endlich für das Meeting eingetroffen war und Connie sich entschuldigt hatte, war sie an ihrem Schreibtisch gesessen und hatte auf die gleichen vier Zeilen auf ihrem Computerbildschirm gestarrt. Egal wie oft sie den Bildschirm überflog, sie konnte sich einfach nicht konzentrieren. Nachdem sie die ganze Zeit mit sich selbst debattiert hatte, kam sie zu dem Schluss, dass sie wirklich mehr ausgehen musste. Sich ein wenig verabreden. Niemand sollte wegen eines bloßen Klapses auf den Hintern so abgelenkt sein. Zumindest keine Person mit einem anständigen Privatleben. So eines brauchte sie. Ein Privatleben.

„Ich wünschte wirklich, ich hätte Zeit für dieses Projekt." Tammy überquerte die Schwelle zu ihrem Büro und ließ sich auf den Stuhl neben ihrem Schreibtisch fallen.

„Ich nicht." Connie hoffte, dass das für Tammy überzeugender geklungen hatte als für ihre eigenen Ohren.

„Hast du den Verstand verloren? Was könnte mehr Spaß machen, als ein heruntergekommenes altes Gebäude wieder zum Leben zu erwecken?"

„Im Lotto gewinnen?" Dumme Antwort, aber manchmal reichte ein wenig Humor aus, wenn sie etwas nervte.

Tammy zuckte mit den Schultern. „Ich weiß, dass du Witze machst, aber ich muss zustimmen, das wäre schön. Trotzdem würde ich das alte Hotel gerne renovieren, selbst wenn ich reicher wäre als Oprah."

Sie konnte es ihr nicht verübeln. Das Projekt war definitiv etwas Anderes. Und wo sie gerade bei etwas Anderem waren: Owen Farraday kam ihr erneut in den Sinn. „Also, wie nah stehen du und Owen euch?"

„Wir sind nur Freunde." Tammy schüttelte den Kopf. „Ich sage dir, wir haben es versucht. Mehr als einmal. Aber er ist wirklich nur wie ein Bruder für mich."

„Begrabscht er immer Frauen, mit denen er *nur befreundet* ist?"

Tammy seufzte und blickte ihre Freundin und Kollegin mit hochgezogener Augenbraue an. „Er hat dich nicht begrabscht. Es war ein freundlicher Klaps. Und nein, er begrüßt mich nicht immer so. Aber wenn ich es gewesen wäre, hätte ich über diese Albernheit gelacht, und ich glaube, das wusste er.

„Hm." Connie war nicht überzeugt. Der Typ war erfolgreich, gutaussehend, herrisch und stur. Er dachte wahrscheinlich, er könne mit jedem machen, was er wollte, und niemand würde sich beschweren. Je mehr sie über den Pfennigfuchser dieser Familie erfuhr, desto weniger mochte sie ihn.

„Aber Paxton?" Tammy lachte und klimperte mit den Wimpern. „Ich hätte nichts dagegen, ihn etwas besser kennenzulernen."

Okay, vielleicht war Tammy wirklich nicht scharf auf Owen, aber das änderte nichts an Connies Gefühlen. Gott sei Dank würde dieses Projekt Harriets Problem sein und nicht ihres. Sie hatte genug von Owen Farraday.

KAPITEL DREI

"Ja, Mom." Owen warf ein weiteres Hemd in seine Tasche. Er hatte sich nicht die Mühe gemacht, einen großen Koffer mitzunehmen, aber jetzt, da klar war, dass seine nächste Reise zurück nach Oklahoma nicht so schnell stattfinden würde, wollte er nicht so oft Wäsche waschen müssen. Da das Filmteam nicht den Umbau jedes einzelnen Zimmers festhalten musste, sollte das Team gleich am Montagmorgen mit der Arbeit an zwei der drei Etagen des Hotels beginnen. Die Überwachung der Entkernung war ebenso wichtig wie die Überwachung der Sanierung. Das einzige Problem war, dass seine Mutter die Dinge nicht so sah. „Ich verspreche dir, bei der ersten Drehpause, komme ich zurück."

„Ja, Mom." Paxton unterstützte wieder einmal seinen Bruder. Die beiden hatten es sich wahrscheinlich seit ihrer Geburt zur Gewohnheit gemacht, aufeinander aufzupassen. „Egal was passiert, das ist unser Zuhause."

Und wie immer hatte Paxton die richtigen Worte parat, um ihre Mutter zum Lächeln zu bringen. Mit einem schwachen, aber aufrichtigen Lächeln im Gesicht klopfte sie seinem fünf Minuten jüngeren Zwilling auf die Wange. „Für immer und ewig. Allerdings warte ich immer noch darauf, dass meine Söhne dieses große alte Haus mit Enkelkindern füllen."

„Geduld, Frau. Geduld." Owen gab seiner Mutter

einen Kuss auf den Kopf, woraufhin sich diese umdrehte und ihn fest drückte.

„Ich liebe euch Jungs. Vergesst das nicht."

„Mom", jammerte Pax fast. „Das ist Texas, nicht die Antarktis."

„Könnte genauso gut der Mond sein." Sie trat einen Schritt zurück und zwang sich zu einem Lächeln. „Ich habe dir etwas Essen für die Fahrt eingepackt." Ihr Grinsen wurde heller. „Ich habe Bananenbrot gebacken. Dein Lieblingsessen. Das muss reichen, bis du zurückkommst."

Owen legte einen Arm um ihre Taille, zog sie an sich und küsste sie auf die Wange. Er wagte nicht, ihr zu sagen, dass niemand Tante Eileen das Wasser reichen konnte, wenn es um sein Lieblingsbrot ging. „Liebe dich, Mom."

„Und ich liebe dich." Sie wich zurück und straffte ihre Schultern. „Fahr besser los. Ich möchte nicht, dass du mitten in der Nacht auf so einsamen Straßen unterwegs bist."

„Nein, Ma'am."

Die beiden Brüder gingen die Treppe hinunter und zur Vordertür hinaus. Draußen stieg ihr Vater aus seinem Truck. „Ich hatte schon Angst, dass ich dich verpasse."

Owen erwiderte die Umarmung des Mannes. „Nicht du auch noch."

„Was?"

„Egal." Owen umarmte ihn ein letztes Mal. Er würde seinen Vater wirklich vermissen. Sie hatten schon immer ein enges Verhältnis zueinander gehabt, aber als Owen und seine Brüder ihr Geschäft aufbauten, war es Owen nie in den Sinn gekommen, dass er eines Tages möglicherweise mehr Zeit außerhalb von Oklahoma und immer weniger Zeit bei seinen Eltern verbringen würde.

„Lass ihn gehen, Patrick. Ich möchte nicht, dass er im Dunkeln über diese verlassenen Landstraßen fährt."

„Ihr solltet uns besuchen kommen. Wir würden euch gerne das Projekt zeigen."

Genau in dem Moment, in dem sein Vater ein *Vielleicht* murmelte, bellte seine Mutter ein klares *Nein* heraus. Manche Dinge änderten sich nie.

Schon eine Stunde nach Beginn der langen Fahrt wurde ihm klar, dass er dies nicht ewig so weitermachen wollte. Vielleicht würde er das nächste Mal fliegen. Außerdem war er noch zu einer anderen Erkenntnis gelangt. Seltsamerweise hatte er im Laufe des letzten Jahres bemerkt, dass Tuckers Bluff ebenso seine Heimat war wie Oklahoma. Vielleicht sogar mehr. Natürlich liebte und vermisste er seine Eltern, aber nicht so sehr, wie er vielleicht gedacht hätte. Nach noch ein paar Stunden wanderten seine Gedanken von dem Hotelprojekt zu Tammy und der Tatsache, wie schade es war, dass sie sich besser als Freunde eigneten, und schließlich zu Connie und was ihn geritten hatte, der Frau auf den Hintern zu schlagen. Er spielte all das immer und immer wieder durch und war überglücklich, als sein Telefon klingelte. Alles war besser als dieser Teufelskreis aus Gedanken, in den er sich gerade verstrickt hatte.

„Wie geht's voran?" Paxton hatte vor seiner Abreise aus Oklahoma noch einige Besorgungen erledigen müssen, aber er war davon ausgegangen, dass er rechtzeitig zum Abendessen auf der Ranch ankommen würde.

„Langsam. Bist du unterwegs?"

„Bin ich. Ich sollte ungefähr eine Stunde nach dir ankommen."

„Gut. Ich bin mir sicher, dass Tante Eileen glücklich sein wird, wenn wir nicht mehr unterwegs sind."

„Wenigstens wird irgendjemand glücklich sein."

„Wie bitte?"

„Ich habe gerade mit Morgan telefoniert." Irgendetwas in Pax' Tonfall veranlasste ihn, sich in seinem Sitz aufzurichten.

„Geht es ihm gut?"

„Abgesehen davon, dass er über die Physiotherapie für seinen Knöchel meckert, geht es ihm gut."

Owen wartete noch einen Moment darauf, dass sein Bruder etwas sagte. „Was ist dann los?"

Ein tiefer Seufzer hallte durch das Telefon. „Tammy hat ihn angerufen. Harriet ist ausgerutscht, als sie die Treppe hinunterging. Gebrochenes Becken."

„Autsch."

„Das trifft es ganz gut. Es bedeutet auch, dass sie den Hoteljob nicht machen kann."

Wenn es auch bedeutete, wieder mit Tammy zusammenarbeiten zu dürfen, würde er sich nicht beschweren. Harriet war eine liebenswerte Frau, aber die Zusammenarbeit mit seiner Freundin würde er nicht als Arbeit betrachten. „Tammy wird einen guten Job machen."

„Ich bin mir sicher, dass sie das würde. Es gibt nur ein Problem."

Der Job hatte kaum begonnen, und schon warf man ihm Steine in den Weg. „Wie viel wird uns dieses Problem kosten?"

„Nichts. Noch nicht."

„Noch nicht?"

„Tammy vertritt Harriet nicht. Connie macht das."

„An manchen Tagen frage ich mich, ob es die Mühe überhaupt wert war, aufzustehen." Connie schloss den Deckel ihres Koffers und hoffte, dass es in dieser Stadt am Arsch der Welt einen Waschsalon gab, falls sie länger als erwartet in Texas festsitzen sollte. „Und ich verstehe immer noch nicht, warum ich den ganzen Weg nach Tuckers Kaff Texas fahren muss."

„Bluff, nicht Kaff." Tammy unterdrückte ein Lächeln.

„Was auch immer. Der Punkt ist, dass die Arbeiten noch lange nicht so weit fortgeschritten sind, dass ich bereits etwas zu tun hätte."

„Worüber meckerst du? Du wirst im nationalen Fernsehen zu sehen sein." Tammy ließ die Hände in die Hüften sinken. „Wenn du denkst, wir hätten jetzt schon viele Aufträge, warte, wie unsere Telefone klingeln werden, sobald diese Folge im Fernsehen ausgestrahlt wird."

Auch wenn es nie einen Grund gab, sich über mehr Aufträge zu beschweren, war sich Connie nicht ganz sicher, ob sie so viele mehr wollte. Harriet wurde immer anspruchsvoller und wusste immer weniger zu schätzen, wie viel sie und Tammy für ein Unternehmen taten, das nicht ihr eigenes war. Harriet hatte sich im Moment ziemlich rar gemacht. Und warum ihre Chefin glaubte, Connie hätte aktuell Zeit für eine Reise nach West-Texas, war ihr ein Rätsel. Sie wollte nicht einmal darüber nachdenken, was diese alte Geisterstadt für sie bereithielt. Basierend auf dem Drehplan, den sie gesehen hatte, könnte sie wochenlang oder noch länger in Texas festsitzen.

„Du wirst während dieses Trips im Bed-and-Breakfast in Tuckers Bluff untergebracht. Wenn die Dreharbeiten beginnen, wirst du wahrscheinlich in dem Bed-and-Breakfast in der Geisterstadt übernachten."

„Spitze." Sie tat ihr Bestes, nicht zu grinsen, sondern zu lächeln. Nicht, dass Connie etwas gegen Bed-and-Breakfasts hatte, sie zog es einfach vor, ihr eigenes Bett zu haben und auf das Frühstück zu verzichten.

„Ach komm schon. Stell dir vor, wie viel Spaß es machen wird, mit all diesen Farradays zu arbeiten."

Das war genau das, woran sie nicht denken wollte. Im Allgemeinen waren die Farradays eine sehr nette Familie. Sie wünschte sich nur, dass irgendein anderer Bruder, und nicht Owen, ihr Ansprechpartner bei diesem Projekt wäre. „Spaß liegt wie Schönheit im Auge des Betrachters. Manche Leute denken, dass es Spaß macht, aus einem Flugzeug zu springen."

Tammy seufzte und schüttelte den Kopf. „Versuch, das Beste daraus zu machen. Ich verspreche dir, es wird Spaß machen."

„Richtig – Spaß." Sie bemühte sich etwas mehr zu lächeln, winkte ihrer Freundin auf dem Weg zur Tür zu, warf ihre Tasche auf den Rücksitz ihres kleinen SUVs, kletterte auf den Vordersitz und murmelte immer wieder. *Hab Spaß*. Wenn sie es sich oft genug vorsagte, würde sie vielleicht anfangen, es zu glauben.

Die ersten anderthalb Stunden der Fahrt verbrachte sie am Telefon mit Harriet. Es hatte so lange gedauert, bis ihre Chefin ihr alle Gedanken und Ideen mitgeteilt hatte, die sie für den Umbau des Hotels hatte. Manchmal war es anstrengend, Harriet jede Idee bis ins kleinste Detail vorgeben zu lassen. Jeder, der zuhörte, würde denken, dass Connie noch nie zuvor alleine an einem Projekt gearbeitet hatte. Es würde für denjenigen außerdem so klingen, als hätte sie noch nie mit einem Farraday zusammengearbeitet. Angesichts der Tatsache, dass sie beides getan hatte, und sich bei der Präsentation neulich bereits Ideen und Visionen vor ihrem geistigen Auge geformt hatten, war sie mehr als bereit, das Gespräch zu beenden. Zumindest hatte es eine gute Seite, allein im riesigen Bundesstaat Texas zu sein: Keine Harriet, die ihr über die Schulter blickte.

Nach einigen weiteren Gesprächen mit Tammy, der Polsterei für das Projekt, das Harriet übernehmen würde, sobald der Arzt ihr das Okay gegeben hatte, und dem Logistikbeauftragten für die berüchtigten Stühle des *Chez Gerard*, stellte sie erfreut fest, dass sie es geschafft hatte, die Zeit auf der Straße totzuschlagen. Sie ließ die karge, langweilige Landschaft im Westen von Texas hinter sich und fuhr in eine dieser typischen texanischen Kleinstädte mit nur einer Ampel.

Trotz ihrer Frustration über die Last-Minute-Änderung und die Tatsache, dass sie fast bis nach China hatte fahren müssen, ertappte sie sich dabei, wegen der malerischen kleinen Stadt lächeln zu müssen. Ihr Grinsen wurde breiter, als sie das riesige Neonschild sah, das das Silver Spurs Café ankündigte. Sie hatte die Grenze nach Texas mehr als einmal überschritten, um das Designviertel von Dallas zu besuchen, aber Dallas war weit entfernt von West-Texas, und der Name des Cafés brachte diese Realität wunderbar zum Ausdruck. Eine niedliche kleine Boutique mit einem niedlichen, kursiv geschriebenen Schild, auf dem *Sisters* stand, fiel ihr ins Auge. Wenn die Zeit es erlaubte, würde sie sich das Geschäft ansehen müssen. Das Cut'N'Curl und eine Wand aus altmodischen Haartrocknern, die durch das gewaltige Fenster sichtbar war, ließen sie darüber nachdenken, was wohl eher kleinstädtisch wäre: der Name oder die Haartrockner. Als sie die Straße erreichte, die zum Bed-and-Breakfast führte, fiel ihr das Pub *O'Fearadaigh's* auf, und sie wunderte sich über die seltsame Schreibweise. Dem Namen Farraday so ähnlich, konnte das kein Zufall sein.

Als sie um die Ecke bog, entdeckte sie das renovierte Bed-and-Breakfast. Das Haus war in natura noch schöner als auf den Online-Fotos. Vielleicht der Silberstreif am Horizont dieses spontanen Besuchs.

Eine hübsche Rothaarige kam die Vordertreppe heruntergehüpft, als Connie am Bordstein anhielt. Die

Frau lächelte und winkte fröhlich. „Sie müssen Constance sein?"

Sie schlug die Autotür hinter sich zu, nickte und streckte ihre Hand aus. „Das bin ich, aber duzen wir uns doch. Ich bin Connie."

„Dann Connie. Ich bin Margaret Farraday, aber meine Freunde nennen mich Meg."

Ein weiteres Familienmitglied der Farradays. Wie konnte sie das auf der Homepage übersehen haben? „Freut mich, dich kennenzulernen, Meg."

„Lass mich dir mit deinem Gepäck helfen." Ihre freundliche Gastgeberin trat näher, als Connie ihren Handgepäckkoffer vom Rücksitz holte.

Nicht nötig. Ich bin eine Verfechterin von Reisen mit leichtem Gepäck."

Das löste bei der Lady einen Lachanfall aus. „Du bist vermutlich die einzige Frau auf dem Planeten, die das schafft. Folge mir und wir kümmern uns darum, dich unterzubringen."

Connie blinzelte die Stufen hinauf und in das große Foyer. Die Fotos waren definitiv nicht irreführend gewesen. „Das ist wunderschön."

Sie glaubte nicht, dass die Frau noch breiter lächeln könnte, aber das tat sie. „Danke. Du musst nach der langen Fahrt müde sein."

„Nur ein bisschen verspannt."

„Gut. Dann kannst du ja auf eine Tasse Tee und einen Snack bei uns vorbeikommen."

In selben Moment, als Meg das Wort *Snack* über die Lippen kam, erschnupperte Connie etwas absolut Himmlisches. „Hat dieses wunderbare Aroma etwas mit besagtem Snack zu tun?"

Wieder zeigte die Frau ein strahlendes Lächeln und nickte. „Hat es. Meine Schwägerin versorgt mich mit frischen Backwaren. Dieser wunderbare Duft kommt von Blaubeermuffins in einem Ofen und Cranberry-

Scones in einem anderen.“

„Oh mein Gott. Ich habe eine Schwäche für Scones.“

„Haben wir die nicht alle.“ Meg öffnete die Tür
links neben der Treppe und winkte Connie hinein. „Ich
hoffe, dass du dich wohlfühlen wirst.“

Wohlfühlen? Sie hatte in Fünf-Sterne-Hotels
übernachtet, die nicht so einladend waren wie dieses
luxuriöse Zimmer. „Ich bin mir sicher, dass ich mich
mehr als nur wohlfühlen werde.“

„Es gibt Kleiderbügel im Schrank, Handtücher im
Badezimmer, und wenn du zusätzliche Kissen oder
Decken benötigst, frag mich einfach oder nimm dir aus
dem Wäscheschrank im Flur alles, was du brauchst.“

„Klingt gut.“ Sie widerstand dem Drang, sich auf
der Stelle umzudrehen und sich auf das riesige
Himmelbett zu werfen. Es bestand kein Zweifel daran,
dass sie höchstwahrscheinlich wie ein Engel auf einer
Wolke in diese Matratze sinken würde.

„Oh, eines hätte ich fast vergessen.“ Meg machte
einen Schritt zurück zur Tür. „Ich habe den Befehl von
Tante Eileen, dich zum Sonntagsessen auf die Ranch
mitzunehmen. Der Großteil der Familie ist bereits seit
dem Gottesdienst dort.“

„Das wird nicht nötig sein. Ich kann etwas im Café
oder vielleicht im Pub essen, wenn sie dort Essen
servieren.“

„Tun sie“, nickte Meg, „aber ich würde lieber dem
Papst etwas ausschlagen als Tante Eileen.“

Connies Bedenken mussten sich auf ihrem Gesicht
abgezeichnet haben, denn Meg gab ihr keine Chance,
sich herauszureden.

„Es besteht keine Eile, wenn du dich ausruhen
musst, aber vertrau mir, wenn ich dir sage, dass du dir
Tante Eileens Lasagne nicht entgehen lassen willst. Die
Frau hat zwar irische Vorfahren, aber sie kocht wie

eine italienische Küchengöttin.“

Irgendetwas an der Entschlossenheit in Megs Blick verriet Connie, dass sie diesen Kampf nicht gewinnen würde.

„Oh gut“, eine lebhafte Brünette sprang zur Tür herein, „du bist hier.“

Connie blickte von der Frau, die sie angrinste, als wären sie alte Freundinnen, zu ihrer Gastgeberin und dann über ihre Schulter, um zu sehen, ob sich noch jemand in der Nähe befand, mit dem die Brünette sprach.

„Ich muss dir sagen“, fuhr die Brünette fort, „wir freuen uns alle sehr darauf, unsere kleine Geisterstadt wieder zum Leben zu erwecken, aber das Hotel ist der Teil, auf den ich mich am meisten freue.“

Meg deutete auf die Brünette. „Connie, das ist meine Schwägerin Becky. Sie ist mit Declan, dem Polizeichef, verheiratet.“

„Freut mich, dich kennenzulernen, und was auch immer du backst, es riecht absolut wunderbar.“

„Backen?“ Becky lachte laut und schüttelte den Kopf. „Nein, Ma‘am. Das ist Toni. Brooks‘ Frau.“

„Oh.“ Sie wandte sich an Meg. „Es tut mir leid. Ich habe einfach angenommen …“

Becky wedelte mit der offenen Hand. „Nicht nötig. Von uns gibt es so viele. Mit den sechs Brüdern und den zwei Cousins aus Austin und jetzt auch noch den Cousins aus dem Baugewerbe, die in der Stadt sind, gibt es jede Menge Schwägerinnen.“

„Wir hoffen nur“, mischte sich Meg ein, „dass sich Onkel Patrick und Tante Mariah mit dem Gedanken an Tuckers Bluff anfreunden, aber das ist eine Geschichte für einen anderen Tag.“

Den Gesichtsausdrücken der beiden Frauen nach zu urteilen, würde dies definitiv eine interessante Geschichte sein. Anscheinend gab es viel über diese kleine Stadt und die Farradays zu lernen. Nicht, dass es sie etwas anginge. Je früher sie in die Geisterstadt kam und sich um die Vorbereitungen kümmerte, umso schneller würde sie nach Oklahoma und in ihr normales Leben zurückkehren können.

KAPITEL VIER

„Nicht übel." Owens Zwilling starrte auf die neuesten Zeichnungen für das Geisterstadtprojekt. „Ich muss zugeben, ich konnte es mir nicht vorstellen."

Owen nickte. „Ging mir genauso. Als Neil sagte, er könne einen Weg finden, in jedem Zimmer ein Bad unterbringen, dachte ich, der Mann ist verrückt. Aber er hat es geschafft. Als er mit diesen neuen Zeichnungen der Suiten ankam, hat es mich umgehauen."

„Ich denke, dass der Bau einer zusätzlichen Etage mit Penthouse-Suiten etwas teuer sein wird, aber es ist der beste Weg, um ein seriöses Unternehmen anzulocken, das die Leitung übernimmt." Paxton rollte die Baupläne zusammen. „Wer wird das Netzwerk davon überzeugen, das zu bezahlen?"

Als ob sein Bruder nicht schon wüsste, an wem dieser spaßige Job hängenbleiben würde. Owen war der Zahlenschubser des Familienunternehmens, seit er seine Maklerlizenz bekommen hatte. Zunächst hatte er nur die Aufgabe gehabt, gute Deals auszuhandeln und Projekte zu finden, aber schnell wurde er auch zum Verantwortlichen für den Verkauf dieser Projekte und die Einhaltung des Budgets. Natürlich würde er die Aufgabe haben, die Netzwerksponsoren davon zu überzeugen, was für eine phänomenale Geschäftsidee die Erweiterung des Hotels um eine weitere Etage für die Stadt und natürlich die Show wäre.

„Warum schaut ihr beide so ernst aus?" Ihr Onkel Sean schlenderte in sein Büro und blickte Owen über die Schulter.

„Neil hat sich selbst übertroffen." Paxton schlug die riesigen Pläne auf dem Schreibtisch auf.

Sean Farraday musterte sie mit zusammengekniffenen Augen, strich mit dem Finger über die Zeilen, blätterte dann um und lächelte. „Penthouse-Suiten. Toll."

„Ich erwähnte Neil gegenüber, dass wir großes Interesse an einem Luxus-Spa neben dem Hotel hätten, und am nächsten Tag hatte ich diese neuen Zeichnungen."

„Der Stadtrat hat dem zugestimmt?"

Paxton zuckte mit den Schultern. „Irgendwie."

Eine Augenbraue schoss Seans Stirn hinauf. „Irgendwie?"

„Was mein lieber Bruder meint, ist, dass sie zustimmen, solange die Stadt die zusätzlichen Kosten nicht tragen muss."

„Das bedeutet, dass die Sponsoren davon überzeugt werden müssen, dass es sich um einen klugen Schachzug handelt."

„Das ist ein kluger Schachzug", stimmte Onkel Sean zu.

„Ich weiß das." Owen zeigte auf seinen Zwilling. „Und er weiß das auch. Aber es ist meine Aufgabe, die geizigen Sponsoren davon zu überzeugen."

„Was? Feiern wir hier eine Party?" Die Hände in die Hüften gestemmt, stand Tante Eileen in der Tür. „Adam und Meg sind gerade vorgefahren. Ich möchte, dass die ganze Familie beisammen ist, wenn unser Gast eintrifft."

„Gast?" Owen drehte sich zu seiner Tante um.

„Habe ich nicht erwähnt, dass wir Besuch bekommen?"

Sowohl Owen als auch Paxton schüttelten perfekt synchron den Kopf. Die Bewegungen erinnerten ihn daran, wie ähnlich sie sich früher waren. Als Erwachsene hatten ihre Persönlichkeiten sie in zwei unterschiedliche Richtungen geführt, aber so viele ihrer Gesten und Gesichtsausdrücke waren immer noch identisch. Deshalb hatten sie als Kinder so viel Spaß daran gehabt, die Leute zu verwirren. Wenn ihre Eltern wüssten, wie oft die beiden Brüder die Plätze getauscht hatten, um sich bei Verabredungen oder Tests zu helfen, oder um einfach nur unterhaltsame Streiche zu spielen, würden sie ihnen für den Rest ihres Lebens Hausarrest geben.

Tante Eileen zuckte mit den Schultern. „Die Innenarchitektin kommt zum Abendessen zu uns."

Bevor Owen ein Wort sagen konnte, hatte die Frau auf dem Absatz kehrt gemacht und huschte den Flur entlang. War es nicht schon schlimm genug, dass er Connie in den nächsten Tagen auf den neuesten Stand des Projekts bringen musste? Wieso musste sie auch noch das Familienessen stören?

Nach einem fünfzehnminütigen Nickerchen im bequemsten Bett auf Erden war Connie bereit, sich allem zu stellen, was die Welt ihr in den Weg stellen würde. Bei der Fahrt zur Ranch hatte sie gelernt, dass nicht nur der Farraday-Clan aus Oklahoma mit seinen sechs Brüdern, sondern auch der texanische Zweig ziemlich fruchtbar war, und dass ein gewaltiger Teil der Großfamilie zum Sonntagsessen versammelt sein würde.

„Willkommen." Ein wandelndes Aushängeschild für groß und gutaussehend trat ihr lächelnd in der offenen Tür entgegen.

„Danke."

Als sie sich der Tür näherte, schoss ein starker Arm auf sie zu. „Ich bin Brooks."

„Der Ehemann der Bäckerin." Es war eigentlich keine Frage. Aber es gab viele Texas-Farradays, die sie auseinanderhalten musste. Gott sei Dank hatte sie schon einmal mit fast allen Oklahoma-Farradays zusammengearbeitet.

„Hallo." Connie konnte nur vermuten, dass die starke, sprudelnde Stimme, die sich schnell näherte, der berühmten Tante Eileen gehören musste. „Ich kann dir gar nicht sagen, wie glücklich ich bin, dich kennenzulernen. Willkommen."

„Danke schön. Es ist mir auch eine Freude, dich kennenzulernen." Den Geschichten nach, die Connie gehört hatte, ging sie davon aus, dass die Familie übertrieben hatte, was die legendäre Familienmatriarchin anging, aber der erdrückenden Umarmung nach zu urteilen, die sie gerade erhielt, war diese Frau tatsächlich eine Naturgewalt.

„Und dieser feine Kerl ist Gray." Eileen Farraday beugte sich vor und kraulte das Ohr des Hundes, der geduldig zu ihren Füßen saß.

„Jetzt geht das schon wieder los." Brooks schüttelte den Kopf und ging ins Wohnzimmer, murmelte etwas darüber, wer den verdammten Hund ins Haus gelassen hatte und dass er schon wieder einen neuen Anzug brauchen würde.

Nichts von dem, was der Mann sagte, ergab für sie Sinn, aber was auch immer sein Problem war, es ging sie nichts an.

„Ignorier meinen Neffen." Eileens Lächeln ließ nicht nach. „Komm und fühl dich wie zu Hause. Das Abendessen ist fast fertig. Du kannst dich freuen, denn Toni backt schon seit ihrer Ankunft. Zweifellos werden wir alle ein paar Pfund zunehmen.“

Der Hund, der gerade noch ruhig neben ihnen gesessen hatte, stieß ein leises Bellen aus und rannte den Flur entlang, wobei seine Krallen laut auf dem Holzboden klapperten. Als sie ein paar Schritte in den Raum hinein gemacht hatte, sah sie den Hund neben Paxton sitzen, der den pelzigen Hals des Tieres kraulte. Neben dem entspannten Landschaftsgärtner stand Owen, der auf seinen Bruder herabstarrte, wobei sein strenger Gesichtsausdruck fast an einen finsteren Blick grenzte. Wie kam es, dass die beiden sich so ähnlich sahen und doch so unterschiedlich waren?

Im selben Moment, als der Hund sich an Owen rieb, um eine weitere Streicheleinheit zu erbetteln, stand Paxton auf und entdeckte sie neben seiner Tante. „Oh, hallo.“

Sie konnte nicht anders, als zu lächeln. Paxton war wahrscheinlich der süßeste der Farraday-Brüder. Zumindest von denen, die sie kennengelernt hatte. „Hallo.“

In diesem Moment lehnte sich Adam an seine Tante, neigte seinen Kopf dicht an ihr Ohr und flüsterte leise, „Denk nicht einmal daran“, bevor er sie auf die Schläfe küsste und zu seiner Frau aufschloss, die bereits in der Küche stand und sich lachend mit mehreren anderen Frauen unterhielt.

Sie wusste nicht, was sie von all dem Gemurmel halten sollte, und bemerkte, dass Owen vermutlich die Zeichnungen für das Hotel in der Hand hielt. „Irgendwelche Änderungen?“

Owens Brauen hoben sich. „Tatsächlich, ja.“

„Irgendetwas, das ich wissen muss?“ Sie tat ihr Bestes, locker und entspannt zu klingen, und hoffte, dass sie nicht spöttisch wirkte.

„Das könnte man sagen.“ Er ging wortlos an ihr vorbei, blieb über dem Couchtisch stehen und rollte die

Zeichnungen aus. „Willst du es dir ansehen?"

Sie nickte und eilte neben ihm her. Im Büro war sie neben Tammy gestanden. Dies war die erste Gelegenheit, Owen Farraday nahe genug zu sein, um sein Eau de Cologne zu riechen. Oder war es Shampoo. Oder Seife. Oder, möge der Himmel ihr beistehen, roch der Mann von alleine so gut?

„Was denkst du?"

Blinzelnd blickte sie auf die Zeichnung. Wenn er etwas zu ihr gesagt hatte, hatte sie es überhört, weil sie sich auf etwas konzentriert hatte, auf das sie sich nicht hätte konzentrieren sollen. Sie nahm sich noch eine Minute Zeit, um die Skizzen zu studieren, sammelte sich und blickte dann zu Owen auf. „Ihr habt eine weitere Etage hinzugefügt?"

Er nickte.

Sie richtete ihre Aufmerksamkeit auf die Skizzen und dachte über die Neuerungen nach. „Suiten."

Wieder bewegte Owen den Kopf auf und ab.

„Wo sind die neuen Zahlen für das Dekorationsbudget?" Ihre Aufmerksamkeit lag noch bei den Zeichnungen vor ihr, als ihr klar wurde, dass er nicht antwortete. Als sie sich zu voller Größe aufrichtete und sich zu ihm umdrehte, verriet ihr der versteinerte Gesichtsausdruck alles, was sie wissen musste. „Es wird nicht aufgestockt?"

„Etwas, aber nicht viel. Wir müssen den Großteil woanders abzweigen."

Alles in ihr schrie sie an, zur Haustür hinauszumarschieren, in ihr Auto zu steigen, zurück nach Oklahoma zu fahren und Harriet zu sagen, dass sie genug hatte. Leider musste sie Rechnungen bezahlen und eine Speisekammer füllen. „Hast du eine Idee, wo ihr einsparen möchtet?"

Der Mann zuckte mit den Schultern. „Das ist dein Ressort."

Sie schien sich daran zu erinnern, dass jemand erwähnt hatte, dass es in der Familie einen Polizisten gab. Für einen kurzen Moment fragte sie sich, wie viel Ärger sie bekommen würde, wenn sie ihm in seinen arroganten Hintern treten würde. „Wann kann ich mir die Fortschritte ansehen?"

„Wir fangen gleich morgen früh mit der Arbeit an. Du kannst dich jederzeit umschauen. Ich werde nach Butler Springs fahren."

„Butler wer?"

„Das ist die nächstgelegene, etwas größere Stadt. Ich habe ein Treffen mit einer Boutique-Hotel-Kette bezüglich des potenziellen Managements."

„Ich verstehe."

„Wenn alles gut läuft, wird dein Budget vielleicht etwas aufgestockt und wir können ein weiteres Fiasko wie bei den importierten Stühlen vermeiden."

Welch Arroganz … Wenn sie mit diesem speziellen Farraday nie wieder an einem Projekt arbeiten müsste, wäre das nicht genug. Allerdings konnte sie nichts gegen ein besseres Budget sagen. Jeder Zentimeter Spielraum, den sie bei diesem Projekt herausquetschen konnte, würde helfen.

„Schluss mit dem Fachsimpeln." Ryan kam herüber und klopfte seinem älteren Bruder auf die Schulter. „Das kannst du morgen vor dem Stadtrat noch zur Genüge."

„Stadtrat?" Owens Brauen zogen sich zu einem tiefen V zusammen.

„Hat Morgan es dir nicht gesagt?

Er schüttelte den Kopf und stieß einen langsamen, schweren Seufzer aus. „Nein."

„Sie wollen sehen, wie sich die Dinge entwickeln, und möchten über die neuen Veränderungen in Kenntnis gesetzt werden."

„Aber es gibt nichts Neues zu sehen?" Owens

Stirnrunzeln wurde tiefer.

Ryan schob seinen Bruder in Richtung Küche. „Deswegen triffst du dich mit ihnen und nicht ich. Ich bin der Mann fürs Grobe. Keine Subtilität. Du hingegen kannst einem Mann sein eigenes Hemd verkaufen, bevor er merkt, dass er es bereits besitzt.“

„Ich habe ein Treffen mit der Managementgesellschaft anberaumt.“

Ryan zuckte mit den Schultern. „Dann verschieb es.“

„Ich denke, dass es einfacher sein wird, einen neuen Termin mit dem Stadtrat zu vereinbaren. Ich muss morgen unbedingt in dieses Boutique-Hotel. Die Zeit wird knapp.“

Connie beobachtete, wie die beiden höflich anderer Meinung waren, während sie sich auf dem kurzen Weg zur Küche unterhielten. Kaum hatten die drei den Raum betreten, wurden den Brüdern große Schüsseln mit dampfendem Essen in die Hände gedrückt.

„Esszimmer“, sagte eine hübsche Blondine, bevor sie ihre Aufmerksamkeit von Ryan auf Connie richtete. „Ich bin Joanna, Finns Frau. Freut mich, dich kennenzulernen.“

„Trödel nicht.“ Eine Rothaarige, die Owen ein Gericht gereicht hatte, lächelte sie an. „Es wird immer etwas verrückt, wenn das Essen fertig ist. Ich bin Catherine Farraday. Meiner ist Connor.“

„Freut mich, dich kennenzulernen. Kann ich helfen?“

„Nur wenn du willst, dass Tante Eileen uns erschießt“, lachte Joanna. „Gäste essen einfach.“

„Aber mach es dir im Esszimmer gemütlich. Wir scheuchen langsam jeden, der nichts zu tun hat, in diese Richtung.“

„Da bist du ja.“ Eileen Farraday kam mit einem Grinsen auf sie zu, das ein verängstigtes Kaninchen beruhigen könnte. „Warum nimmst du nicht neben mir Platz?"

Connie folgte der Matriarchin ein paar Meter und setzte sich auf den letzten Platz an einem Ende des Tisches.

„Und du sitzt da." Eileen zeigte auf den Sitz neben ihr. „Und du da drüben." Ihre Hand schwang von Paxton auf die andere Seite.

Mit einem kurzen Nicken tat der Mann, was ihm gesagt wurde.

Erst als sie hörte, wie der Stuhl neben ihr über den Boden kratzte, blickte sie auf und bemerkte, dass Owen sich neben sie setzte. Irgendwie wusste sie einfach, dass dies das längste Abendessen ihres Lebens werden würde.

KAPITEL FÜNF

Connie konnte sich nicht erinnern, jemals so tief und fest geschlafen zu haben. Das Bett war bequemer als eine Wolke, und die Ruhe auf dem Land war eine willkommene Abwechslung. Ganz zu schweigen davon, dass das Fehlen von Straßenlaternen das Ausschlafen zu einfach machte. Mit einer großen Tasse Kaffee zum Mitnehmen in der Hand ging sie zur Tür hinaus.

Nachdem sie gewarnt worden war, dass Sadieville noch nicht im Navi zu finden war, hatte sie Tuckers Bluff mit einer detaillierten Karte, die Meg ihr gegeben hatte, verlassen und befand sich nun in ihrer allerersten, echten Geisterstadt. Das Erste, was ihr auffiel, war, wie sauber alles aussah. Lächerlicherweise hatte sie staubige Straßen mit umherfliegenden Tumbleweed-Bällen und zerbrochene Schilder erwartet, die nur noch notdürftig an ihren ursprünglichen Standorten hingen und im stürmischen Wind flatterten. Aber was noch schlimmer war: Cowboys mit Sporen, Schnurrbärten und Colts mit Perlmuttgriffen hätten den hölzernen Bürgersteig entlangstreifen sollen.

Es war eine Handvoll Bauarbeiter mit Werkzeuggürteln, Sägen und Bohrmaschinen, die ihre Vision von Cowboys und Sporen ersetzte. Aber bei einer Sache hatte sie richtig gelegen. Die ganze Stadt, so klein wie sie war, schien von hölzernen Gehwegen gesäumt zu sein. Zum ersten Mal, seit sie in dieses

Projekt eingebunden worden war, war sie wirklich begeistert, dabei zu sein.

Während sie den Blick auf die Schaufenster richtete und darüber nachdachte, wie viel Arbeit noch zu erledigen war, blieb ihr Zeh aus Unachtsamkeit an der Kante eines emporstehenden Bretts hängen. Mit ihrer Mappe in der einen Hand und ihrer Handtasche in der anderen Hand strauchelte sie wie ein tollpatschiger, frisch aus dem Winterschlaf erwachter Bär. Ein leiser schriller Schrei kam aus ihren Lippen, Sekunden bevor starke Hände ihre Oberarme packten und sie aufrecht hielten.

„Vorsicht." Die tiefe, dunkle Stimme ließ das Adrenalin durch jede ihrer Zellen strömen.

Sie unterdrückte die Verlegenheit darüber, so ein abgelenkter Tollpatsch gewesen zu sein, und holte tief Luft, dankbar, dass sie sich keinen Absatz oder, noch schlimmer, ihr Genick gebrochen hatte. „Danke …" Der Anblick von Owen Farraday, der mit von Besorgnis erfüllten Augen auf sie herabstarrte, raubte ihr fast jeden rationalen Gedanken. „Danke."

Sein Griff lockerte sich, aber er blieb nah, zu nah, bei ihr, seine Hände bereit, sie erneut zu stützen. „Bist du okay?"

Sie blinzelte ein paar Mal und schaffte es dann, zu nicken und einen Schritt zurückzutreten. „Ja. Ich habe nicht aufgepasst. Ich werde diesen Fehler nicht noch einmal machen."

„Dieser Ort ist ziemlich alt. Es gibt noch viel zu tun, um diese Stadt in das aktuelle Jahrhundert zu führen. Es lohnt sich, vorsichtig zu sein."

Sie konnte nur den Kopf bewegen. Wieso hatte sie das tiefe Timbre seiner Stimme vorher nicht bemerkt? Ach ja, normalerweise machte er sich keine Sorgen um sie, sondern knurrte sie nur an. Sie trat einen weiteren Schritt zurück und erinnerte sich daran, dass ihr dieser

Mann nicht besonders am Herzen lag. Sie schüttelte ihre Gedanken ab, warf einen Blick über die Straße und zeigte auf das ganze Treiben. „Ich vermute, das ist das Hotel."

„Ist es." Diesmal trat er einen Schritt zurück. „Ich war gerade auf dem Weg, um Kaffee für die Crew zu holen. Wie willst du deinen?"

Sie hätte beinahe *Nein, danke* gesagt, doch der Gedanke an eine zweite Tasse Kaffee am Morgen brachte sie dazu, vor Freude zu gurren: „Mit Milch und einem Stück Zucker."

„Verstanden." Ihr Blick folgte ihm den Bürgersteig hinunter und um die Kurve herum zu einem Imbisswagen, der dort geparkt war.

Sie löste den Blick von ihm, bevor der Mann bemerkte, dass sie ihn beobachtete, betrachtete das Gebäude auf der anderen Straßenseite und ging los. Als sie die Straße überquerte, wurde sie von den originalen Eingangstüren angezogen. Dunkles Holz mit Bleiglas und goldenem Hotelschriftzug verliehen dem Gebäude einen neuen Charme. Der Funke Begeisterung, der sich langsam in ihr gebildet hatte, drang nun an die Oberfläche.

Das organisierte Chaos im Inneren stand im völligen Gegensatz zu dem idyllischen Holzsteg und den vergoldeten Türen. Kalkartiger Staub bedeckte einfach alles. Sie ging langsam auf die ursprüngliche Rezeption zu, strich mit der Hand über die staubbedeckte Mahagoniverkleidung und seufzte. Jemand hätte den gesunden Menschenverstand haben sollen, dieses Ding vor Baubeginn abzudecken. Das kleine Möbelstück würde für eine moderne Lobby zwar nicht ausreichen, aber seine Erhaltung war der Schlüssel für die Atmosphäre.

„Morgen." Ryan trottete die breiten Holzstufen herunter und lächelte sie an. „Großartig, nicht wahr?"

Die Begeisterung des Mannes war ansteckend.

„Ich würde gerne versuchen, einige dieser Originalstücke zu retten." Ihre Hand strich über das staubige Geländer.

„Dann wirst du die Stücke lieben, die im Gebäude nebenan aufbewahrt werden."

„Wirklich?" Ihre Neugier war geweckt.

„Würde ich dich je anlügen?"

Ein anderer Arbeiter kam und unterbrach ihn, um nach den Farben zu fragen. Sie war verwirrt. Sie hatte den Eindruck, dass das Projekt gerade erst begann. Dass die Kcamerateams noch nicht eingetroffen waren. Warum redeten sie also über die Farben, bevor sie überhaupt Gelegenheit hatte, Modelle der eingerichteten Räume zu erstellen und Farbkarten vorzubereiten?

„Kaffeepause." Owens Stimme hallte durch die kleine Lobby, als er mit einem Tablett voller Kaffeetassen erschien. Alle Gedanken an Farbkarten, Farben und Zeitpläne lösten sich in Luft auf.

Jeder hätte gedacht, dass jemand einen Startschuss abgefeuert hätte. Die Arbeiter kamen aus dem sprichwörtlichen Gebälk hervor, die Treppe hinunter, durch Türen, einige kamen sogar durch die Eingangstür. Wo zum Teufel hatten sie alle gearbeitet?

Eine warme Tasse Kaffee tauchte vor ihr auf. „Bitte schön. Milch und Zucker."

„Danke." Behutsamer als nötig nahm sie ihm die Tasse ab.

Mit der gleichen Geschwindigkeit, mit der die Crew auf sie zugestürmt war, verschwanden die Leute mit den Kaffeetassen in Händen wieder.

„Bereit für die Tour?", fragte Ryan.

„Absolut." Sie nickte.

„Großartig. Owen, du zeigst ihr die Räume oben. Ich muss mich um den Aufzugstypen auseinandersetzen."

„Möchte ich wissen, warum?", fragte Owen.

Ryan schüttelte den Kopf. „Nein. Ich erzähle dir alles, nachdem ich das Missverständnis geklärt habe."

„Missverständnis?" Owen verdrehte die Augen und Connie konnte sehen, wie der süße Fremde, der allen den Kaffee gebracht hatte, verschwand und Owen der Hunne seinen Platz einnahm.

Ohne ein weiteres Wort erklommen sie die Treppen in das nächste und übernächste Stockwerk. Sie ging in den ersten Raum und war schockiert, als sie feststellte, dass die neuen Rigipsplatten bereits mit Gewebeband verklebt und mit neuen Kabeln versehen waren, die aus den Steckdosen und Schaltkästen ragten. Alles wartete nur noch auf eine Schicht Feinputz. „Meine Güte. Ich dachte, der Bau finge gerade erst an, nicht dass er schon fast fertig wäre."

„Es tut uns leid, dass wir uns nicht klarer ausgedrückt haben. Nur wenige Räume wurden für das Filmen der Entkernung und Renovierung übriggelassen. Während ein Team dort filmt, wird ein anderes die Arbeit in den öffentlichen Bereichen drehen."

„Was ist mit den Penthouse-Suiten?"

Owen seufzte. „Das könnte ein Problem darstellen. Ich muss warten, bis das Filmteam eintrifft. Ich habe ehrlich gesagt keine Ahnung."

„Nun", sie warf einen Blick auf die sie umgebenden Mauern, „ich gehe lieber gleich zu meinen Quellen und schaue, was wir bekommen können."

„Diesbezüglich."

Der Ton gefiel ihr gar nicht.

„Eine der Vorgaben für dieses Projekt ist, dass alle verwendeten Materialien aus der Region stammen müssen."

„Beschreibe *aus der Region*." Owen verstand, worauf sie hinauswollte. In der Geisterstadt gab es eindeutig kein Inneneinrichtungs- oder Fliesengeschäft, und Tuckers Bluff war zwar eine echte Stadt, aber sie bezweifelte, dass es auch dort jede Menge Beleuchtungs- und Fliesengeschäfte gab.

„Fast alles, was wir brauchen, können wir in Butler Springs besorgen."

„Dann fahren wir wohl nach Butler Springs."

„Wir?" Seine Brauen hoben sich so weit, dass sie praktisch seinen Haaransatz küssten.

Sie musste zugeben, dass dieser Kerl ziemlich süß war, wenn er nicht gerade schimpfte oder knurrte. „Wenn hier niemand anderes ist, der mir jetzt eure Quellen zeigen kann, dann hast du mich wohl an der Backe, sobald du dein Treffen mit dem Stadtrat hattest."

„Das hier ist Ranchland und die meisten Stadträte sind Viehzüchter. Frühaufsteher. Ist also schon erledigt." Owen hatte keine Ahnung, wie er es geschafft hatte, den kurzen Strohalm zu ziehen, aber mit einer schönen Frau, die nach Vanille und Süße duftete, auf der langen Fahrt in der Enge seines Trucks festzusitzen, war das Letzte, was er jetzt tun wollte. In dem Moment, in dem er nach ihr gegriffen hatte, als sie auf dem Gehweg gestolpert war, hatte er gewusst, dass er in Schwierigkeiten war. Bisher war Connie nichts weiter als die Hauptursache seiner finanziellen Frustrationen gewesen. Eine ziemlich sture Frau mit begrenztem Verständnis für die Budgetbeschränkungen. Draußen auf dem Bürgersteig war sie plötzlich eine zarte, sanfte und schöne Frau mit dunkelbraunen Augen gewesen, an die ein Mann leicht seine Seele verlieren könnte. Wie zum Teufel hatte er diese Augen übersehen können? Und noch mehr: Wie sollte er dieselben

Augen stundenlang auf engstem Raum ignorieren?

„Gut. Je früher es losgeht, umso besser. Da wir uns mitten im Nirgendwo befinden, gehe ich davon aus, dass diese Stadt nicht um die Ecke liegt."

„Da hättest du recht."

Sie drehte ihr Handgelenk und warf einen Blick auf ihre Uhr. „Schaffen wir es vor dem Mittagessen? Oder soll ich mir etwas von den Imbisswagen holen?"

„Ja, und es liegt an dir."

Ihr Blick wanderte zu dem Imbisswagen, der nicht nur für die Crew zu einer festen Größe geworden war, sondern auch für die Stadtbewohner, die die lange Fahrt auf sich nahmen, um Mollys Küche zu probieren. Sie biss auf ihre Unterlippe und knabberte daran. Selbst wenn ihm jemand das ganze Öl in Texas anbieten würde, könnte Owen seinen Blick nicht von der Art und Weise abwenden, wie sich ihr Mund bewegte, während sie über ihre Entscheidungen nachdachte.

„Du wirst auch noch genügend Zeit für Mollys Kochkünste haben, nachdem wir uns alle Optionen in Buttler Springs angesehen haben."

Sie nickte, stieß einen leisen, entschiedenen Seufzer aus und drehte sich dann auf dem Absatz um. „Gute Idee. Nehmen wir mein Auto oder deins?"

„Meines. Ich weiß, wohin es geht." Er musste nur ein paar Sachen auf den Rücksitz werfen, um Platz für sie zu schaffen. Als er heute Morgen die Ranch verlassen hatte, hatte er nicht damit gerechnet, jemanden durch den Staat chauffieren zu müssen.

„Ich hätte wirklich andere Schuhe anziehen sollen", murmelte sie vor sich hin, während sie ihre Handtasche auf den Vordersitz warf, sich an den Haltegriff klammerte und hinauf in seinen Truck kletterte.

„Entschuldigung. Ich hätte dich warnen sollen. Hier draußen sind Stiefel einfach am besten. Besonders in der Nähe von hohem Gras."

Sie kniff die Augen zusammen und warf ihren Kopf zurück gegen den Sitz. „Schlangen."

„Genau. Nicht mehr so viele wie vor Baubeginn, aber das ist immer noch West-Texas."

„Werde ich mir merken." Sie stieß einen tiefen Seufzer aus und es dauerte einen weiteren Moment, bis sie die Augen öffnete. „Wann ist dein Treffen mit der Hotelmanagementgesellschaft?"

„Erst um zwei Uhr."

Ihr Kopf bewegte sich und ihre Lippen spitzten sich für einen langen Moment. Owen entschied, dass er dringend aufhören musste, sie anzusehen, wenn sie nachdachte. Es gefiel ihm besser, wenn sie ihn verärgerte. Diese verlockenden Gesten brachten ihn bereits zur Verzweiflung.

„Weißt du." Sie legte den Kopf schief und starrte ihn aufmerksam an. „Hat das Hotel ein Restaurant?"

Er nickte.

„Wir könnten im Hotel zu Mittag essen. Das würde uns sozusagen einen Einblick in die Art und Weise ermöglichen, wie sie die Dinge tatsächlich handhaben."

Der Vorschlag hatte etwas. Er selbst hatte sogar darüber nachgedacht, für ein Wochenende ein Zimmer zu buchen, um sich einen Einblick zu verschaffen und ein Gefühl zu bekommen. Auch wenn es ihm egal sein konnte, da er ja nur die Bauarbeiten beaufsichtigte. Der Erfolg von Three Corners als ernsthafte Touristenattraktion war jedoch wichtig für die Stadt Tuckers Bluff, ihre Bewohner und vor allem für die Farradays. Und all diese Leute würden die Entscheidung bezüglich des Managements nicht nur nach der Tatsache treffen, wie viel Kapital sie in das Projekt einbrachten. „Sieht so aus, als würden wir im Boutique-Hotel zu Mittag essen."

Nachdem sie ein Notizbuch aus ihrer Handtasche hervorgeholt hatte, verbrachte Connie den größten Teil der Fahrt damit, sich Notizen zu machen. Gelegentlich hob sie den Kopf, um sich in der Umgebung umzusehen oder ihm eine Frage zu stellen. Erst am Stadtrand legte sie ihre Notizen beiseite und blickte auf die Uhr. „Willst du das Mittagessen aus dem Weg räumen? Oder sollen wir erst einige deiner Quellen aufsuchen?"

Ein Blick auf die Uhr in seinem Armaturenbrett ließ vermuten, dass sie noch Zeit für ein oder zwei Stopps hatten. „Wo genau willst du hin?"

Sie öffnete ihr Notizbuch, blätterte ein paar Seiten durch und bewegte dann den Kopf. „Wo ist deine Möbelquelle? Wir brauchen einige Optionen für die Lobby und die Zimmer. Ich würde auch gerne eine Auswahl an Tapeten sehen. Ein Gebäude aus dieser Zeit sollte zumindest einige Tapeten haben. Auch eine Firma für Teppiche wäre gut. Dann brauche ich Armaturen für die Badezimmer." Sie tippte auf das Papier und hielt inne, um tief Luft zu holen. „Wir brauchen auch Elektrogeräte und –"

Er hob die Hand. „Ich denke, das reicht für heute. Für all das wirst du mehr als einen Nachmittag brauchen."

„Das werde ich, aber wir müssen irgendwo anfangen."

„Wir fahren zuerst zum Möbelhaus. Das liegt näher am Hotel."

Sie nickte, knabberte an ihrer Unterlippe und Owen entschied, dass dies ein sehr, sehr langer Tag werden würde.

KAPITEL SECHS

Noch nie in ihrem Leben hatte Connie in einem fahrenden Auto so viel Arbeit erledigt. Die Wahrheit war: Seit sie in der Geisterstadt in Owens Arme gefallen war, hatte sie den herrischen Pfennigfuchser vergessen, und dachte nur noch an das Gefühl dieser starken Arme, die sie auf den Beinen hielten. Das Letzte, was sie während der Fahrt tun wollte, war, sich das karge braune Land um sie herum anzusehen oder tiefblaue Augen in der Farbe des texanischen Himmels zu betrachten.

Ein paar Minuten später fuhren sie auf den Parkplatz vor einem kleinen, weiß gestrichenen Lagerhaus mit einem glänzenden Metalldach. „Das ist das Möbelhaus?"

Owen nickte und öffnete seinen Sicherheitsgurt. „Sie haben einen hübschen kleinen Laden in der Innenstadt, aber das ist das Herzstück des Geschäfts."

Für sie sah es so aus, als bräuchte das Herzstück dieses Geschäfts einen guten Kardiologen.

Connie nickte und überquerte die Schwelle, während er ihr die Tür aufhielt. Sie sollte inzwischen wissen, dass der Schein trügen konnte. Von außen sah der Laden nicht nach viel mehr als einer übergroßen Garage aus, aber drinnen wurde sie daran erinnert, dass in Texas alles größer war. „Whoa." Gerade noch rechtzeitig warf sie einen verstohlenen Blick in Owens Richtung, um ihn dabei zu erwischen, wie er fast selbstgefällig grinste. Ja, der eingebildete Besserwisser, den sie kannte, war zurück.

Ein drahtiger älterer Mann durchquerte den riesigen Ausstellungsraum. „Mr. Farraday. Wie können wir Ihnen helfen?"

„Nennen Sie mich bitte Owen."

Der alte Mann nickte. „Was suchen Sie? Bauen Sie noch mehr Häuser um?"

„Nun ja, das tun wir, aber deswegen sind wir nicht hier."

Während er einen Finger hochhielt, breitete sich das Grinsen des Mannes auf seinem Gesicht aus. „Das Hotel. Endlich."

„Genau." Owen drehte sich zu Connie um. „Das hier ist unsere Ausnahme-Innenarchitektin für das Projekt. Seien Sie nett zu ihr."

Connie musste sich verhört haben. Das hatte sich doch tatsächlich nach einem Kompliment aus Owens Mund angehört.

„Was wollen wir?"

Owen zeigte auf ein großes Sofa mit Paisleymuster und mehreren Kissen. „Das sieht bequem aus."

„Vielleicht, aber langlebig steht an erster Stelle, also Leder. Außerdem möchte niemand zwischen zwei Menschen sitzen. Vor allem, wenn es Fremde sind. Lieber Zweiersofas. Und Clubsessel. Ohrensessel wären schön."

Owens Brauen hoben sich und bildeten einen tiefen Grat über seiner Nase.

„Suchen Sie nach einem bestimmten Stil?" Der alte Mann sprach, während er diagonal durch den Raum ging.

„Traditionell. Runde Armlehnen. Abgerundete Füße. Nicht zu groß."

Der alte Mann nickte und ging weiter. „Das ist einfach."

Die drei gingen die verschiedenen Möglichkeiten durch. Einige kamen ihrer Vorstellung nahe, aber sie war auf der Suche nach genau dem Stil, der modernen Komfort mit dem über hundert Jahre alten Bauwerk verbinden würde. Am Ende machte sie Fotos von einer Sofagarnitur, die eventuell in Frage kam. „Wo sind die Betten und Matratzen?"

Owen drehte sein Handgelenk, um auf die Uhr zu blicken, wie er es in der kurzen Zeit, in der sie dort waren, bereits hundert Mal getan haben musste. Doch er sagte kein Wort, sondern folgte ihr durch das riesige Lager, das sich hinter der winzigen Betonfront verbarg, die vom Parkplatz aus sichtbar gewesen war.

„Bitte sehr." Der ältere Mann lächelte und hob einen Arm. „Ich fürchte, ich muss mich um etwas Geschäftliches kümmern, aber wenn Sie das gewünschte Set finden, notieren Sie sich einfach die Modellnummer auf diesem Etikett und sagen Sie Jane an der Rezeption, wie viele Exemplare Sie möchten und wann sie geliefert werden sollen. "

Connie nickte und schlenderte langsam durch das Meer aus Betten, wobei sie sich Bezüge, Material und Härtegrade notierte.

„Meine Güte." Owen ließ seinen Blick über die weitläufige Fläche schweifen, die mit Ausstellungsbetten gefüllt war. „Hat hier noch niemand etwas von Overkill gehört?"

„Unsinn. Matratzen sind eine große Sache. Eine gute Nachtruhe trägt mehr zum Ruf eines Hotels bei als alles andere."

„Da bin ich mir nicht sicher. Schließlich hat niemand den Ausdruck geprägt, dass der Weg zum Herzen eines Mannes über eine gute Matratze führt."

Connie verdrehte die Augen. „Vielleicht nicht in so vielen Worten."

Die Art und Weise, wie sich Owens Augen weiteten und seine Brauen bis zu seinem Haaransatz hinaufschossen, als ihm klar wurde, dass seine Abwandlung der alten Redewendung über den Bauch eines Mannes leicht missverstanden werden konnte, ließ sie fast in schallendes Gelächter ausbrechen. „Ich meinte nicht …"

Sie hob die Hand. „Ich weiß. Ihr Farradays seid so höflich und gut erzogen, wie der Tag lang ist. Wenn es hier eine Pfütze gäbe, würdest du wahrscheinlich deinen Mantel darüberlegen und mich hinübertragen."

Der Kommentar war als übertriebener Seitenhieb gemeint, aber Owen lächelte nur und nickte mit einem Funken Stolz in den Augen. „Meine Mom würde sich sehr freuen, das von dir zu hören."

„Komm." Sie ging auf eine Queen-Size-Matratze zu, die ihr ins Auge gefallen war. Kaum hatte sie sich daraufgelegt, sank sie in eine dicke Polsterung. Sie glaubte zwar nicht, auf einer Wolke zu schlafen, aber sie fühlte sich wohl.

„Nehmen wir die? Wie viel kostet sie?"

„Immer nur den Preis vor Augen." Sie klopfte auf die Matratze. „Leg dich hin. Sag du es mir."

„Ich glaube nicht, dass das –"

„Leg dich einfach hin."

Er holte tief Luft und ließ sich mit solcher Wucht auf das Bett fallen, dass ihre Füße nach oben sprangen, ihre Arme nach außen flogen und sie fast auf der anderen Seite herunterfiel.

„Ich glaube nicht", sagte Connie.

„Warum? Sie fühlt sich gut an. Wie viel kostet sie?"

„Sie ist nur gut, wenn es dem Hotel egal ist, dass es verklagt wird, wenn jemand herunterfällt und sich einen Arm oder das Genick bricht."

Mit diesen Worten sprang er auf und streckte einen Arm aus, um ihr aufzuhelfen. „Welche als nächstes?"

Der Pfennigfuchser verschwand und versteckte sich hinter den ritterlichen, funkelnden blauen Augen eines unwiderstehlichen Gentlemans. Wenn sie wüsste, was gut für sie war, würde sie aus eigener Kraft aufstehen. Andererseits: Wer sagte, dass sie wüsste, was gut für sie war?

Als sich Connies schlanke Finger um seine Hand legten, hinterfragte er seine Entscheidung. Sie war weder die erste noch die letzte Frau auf dem Planeten, der er beim Aussteigen aus einem Auto, auf einer Treppe oder beim Aufstehen von einem bequemen Ruheplatz die Hand reichen würde, und doch wollte etwas tief in seinem Bauch nicht loslassen. Aber weil er den starken Drang verspürte, wie ein Teenager bei seinem ersten Date mit ihr Hand in Hand durch den Laden zu laufen, zog er seine Hand schnell zurück. Fast zu schnell. „Nach dir.“

„Ich suche Matratzen, die man wenden kann. Die halten länger.“

Er nickte ihr zu, aber um ehrlich zu sein, hatte er der Machart von Matratzenkonstruktion noch nie viel Aufmerksamkeit geschenkt und hatte auch keine Ahnung, ob seine Eltern als er klein war ihre Matratzen umgedreht hatten oder nicht. Er selbst hatte definitiv noch nie daran gedacht.

„Diese hier sieht gut aus.“ Sie drückte mit der Hand auf die Oberseite. „Wir wollen Queen-Size für die regulären Zimmer, aber King-Size für die Suiten.“

Da er den Plan bereits kannte, ging er um das Fußende des größeren Betts herum und ließ sich wie ein Mann, der einen neuen Weltrekord im Marathonlauf aufgestellt hatte, auf die Matratze fallen. Connie hatte offenbar die gleiche Idee. Beide fielen krachend in das Bett, dessen Lattenrost nachgab, woraufhin sie hart ineinander rollten.

Wenn er geglaubt hatte, ihre Hände zu berühren wäre eine riskante Angelegenheit, war die Tatsache, Connie so nah und ganz persönlich zu spüren, eine Prüfung für die Ritterlichkeit, die ihm seine Mutter so geduldig beigebracht hatte.

„Haben Sie Spaß?", fragte die ältere Stimme.

Mit rudernden Armen kämpften die beiden darum, sich zu trennen, doch der ungünstige Winkel des zusammengebrochenen Lattenrosts ließ sie immer wieder ineinander rollen. Es würde weniger Schwierigkeiten machen, aus einem altmodischen Wasserbett zu kriechen als aus diesem kaputten Bett.

Auf Händen und Knien kroch Connie zur Kante, rollte sich herum und landete mit einem dumpfen Aufprall auf dem Boden.

„Oh je." Der alte Mann runzelte die Stirn. Zweifellos gingen ihm Gedanken an Klagen durch den Kopf. „Es tut mir so leid. Arthur muss die Mittelstütze vergessen haben."

Owen rutschte nach unten, bis seine Stiefel den Boden berührten, sprang auf und eilte zu Connie, die immer noch auf dem Boden saß und sich gegen das Bett lehnte. Er hatte erwartet, eine wütende und möglicherweise verletzte Innenarchitektin vorzufinden. Stattdessen hob und senkte sich ihre Brust, nicht vor Tränen, sondern vor unterdrücktem Lachen.

„Ich denke", sie kicherte etwas lauter, „wir sollten den Einkauf überspringen und einfach zu Mittag essen."

„Es tut mir wirklich leid." Der alte Mann blieb an ihrer Seite stehen, während Connie aufstand.

„Nichts passiert", beruhigte Connie den Verkäufer.

Owen nahm sich ein paar Minuten, um dem Geschäftsinhaber zu versichern, dass alles in Ordnung war, und begleitete Connie dann zurück zum Truck. Nach ein paar Minuten auf der Hauptstraße, fuhren sie schließlich auf den Parkplatz des Boutique-Hotels.

Dort starrte Connie zur Fassade hinauf. „Schönes altes Gebäude."

„Nicht so alt wie unseres."

Sie schüttelte den Kopf. „Nein, das nicht."

Gemeinsam betraten sie die Lobby und durchquerten den kleinen Art-Deco-Bereich zu den Glastüren, die zum Restaurant führten. Die Pläne für das Geisterstadthotel würden dasselbe beinhalten. Das Restaurant könnte über den Eingang des ehemaligen Saloons oder von der Lobby des Hotels aus erreicht werden. Da die beiden Gebäude nebeneinander lagen, war es sinnvoll gewesen, den Saloon mit in die Pläne aufzunehmen. Sie hatten bereits die ehemaligen *Amüsierräume* im Obergeschoss mit einem neuen Flur mit dem Haupthotel verbunden. Dank Neils Fähigkeiten war die Erweiterung reibungslos verlaufen. Sie hatten darüber nachgedacht, dies auch als Teil der TV-Show zu machen, hatten sich dann aber entschieden, es einfach zu tun, damit es erledigt war.

Das Restaurant hatte die gleiche Art-Deco-Atmosphäre wie die Lobby.

Connie beugte sich vor und senkte ihre Stimme. „Ich habe das Gefühl, als hätte jemand den großen Gatsby über diesen ganzen Raum erbrochen. Ich stehe auf Schwarz und Gold, aber das ist einfach ein bisschen viel."

Er musste zugeben, dass er ihr zustimmte. Das fast provokative Dekor war nicht das, was er erwartet hatte.

Eine Kellnerin hielt eine Speisekarte in der Hand und lächelte sie an. „Für zwei?"

Beide nickten und folgten ihr zu einem großen Tisch mit zwei Gedecken am Fenster im hinteren Teil des Lokals.

„Das ist schön." Owen schätzte die Größe des Tisches. „Nichts ist schlimmer, als auf dem Tisch nicht genügend Platz für Speisen und Getränke zu haben.

Connie runzelte die Stirn und Owen fragte sich, was ihr durch den Kopf ging.

„Stimmt etwas nicht?", fragte er.

Sie nickte. „Wenn ich ehrlich bin, ja. Ich stimme dir zu, dass die Tischplatte eine gute Größe hat, aber …"

„Aber?"

„Schlag deine Beine übereinander."

„Verzeihung?"

„Mach schon. Schlag deine Beine übereinander."

Er tat, was ihm gesagt wurde, und erkannte sofort das Dilemma. Der Tisch war zu niedrig, als dass er die Beine bequem übereinanderschlagen konnte. „Ich bin größer als der durchschnittliche Mann."

„Ich aber nicht, und ich habe mir in den letzten fünf Minuten bereits zweimal das Knie angeschlagen."

„Also wollen wir höhere Tische."

„Wollen wir." Sie seufzte leicht und richtete ihren Blick auf ihn. „Was mich wirklich verwirrt, ist, warum diese Tische überhaupt hier aufgestellt wurden. War ihr Innenarchitekt ein Zehnjähriger?"

Die Vorstellung brachte ihn zum Lachen. Er konnte vor seinem geistigen Auge einen kleinen, herrischen Jungen mit einem Klemmbrett sehen, der erwachsene Männer herumkommandierte.

Die nächsten Minuten verbachten sie damit, die Speisekarte zu studieren, während Connie den rauen Stoff der Stühle kritisierte, der an ihrem Kleid zerrte, und ihre Sorgen darüber äußerte, wie das Management die Visionen umsetzen würde, die die Brüder, die Cousins und die Stadt für ihr kleines Projekt hatten.

„Man muss sich nur eure Gesichter ansehen, wenn

ihr über das Projekt sprecht, um zu wissen, wie sehr ihr alle liebt, was ihr tut.“

„Mein armer Vater wünschte, es wäre nicht so. Als wir erwachsen wurden und uns in verschiedene Richtungen orientierten, wurde die Ranch immer unwichtiger, bis Dad schließlich den Gedanken aufgeben musste, die Ranch an einen von uns weiterzugeben.“

„Ist so die Weihnachtsbaumfarm entstanden?“

Owen nickte. „Ist sie.“

„Du lächelst.“

„Verzeihung?“

„Du siehst aus wie jemand mit einem Geheimnis.“

Sein Lächeln wurde strahlender. „Ich erinnere mich einfach nur an die Vergangenheit. Wir alle dachten, Dad wäre verrückt geworden, als er meiner Mutter diese Idee vorschlug.“

„Sie war nicht mit an Bord?“

„Mom ist selten mit allem einverstanden. Versteh mich nicht falsch, sie ist eine großartige Frau und eine liebevolle Mutter, aber wenn du wissen möchtest, warum etwas falsch, schwierig oder unangemessen ist, frag meine Mutter nach ihrer Meinung. Als Morgan und Neil ihr erzählten, dass sie ihr eigenes Bauunternehmen gründen wollten, war das wahrscheinlich das erste Mal in ihrem Leben, dass Mom keine Einwände hatte.“

„Das ist gut.“ Connie öffnete ihre Serviette und legte sie auf ihren Schoß. „Stehen du und deine Brüder euch so nah, wie es für Außenstehende aussieht?“

Wieder nickte er. „So ziemlich. Obwohl ich Pax natürlich am nächsten stehe. Paxton. Ich nehme an, wenn man ein Zwilling ist, kommt man an dieser tiefliegenden Verbindung nicht vorbei. Umso mehr, wenn man ein eineiiger Zwilling ist.“

„Eigentlich habe ich immer gedacht, dass es Spaß

machen würde, eine Zwillingsschwester zu haben. Vor allem, wenn ich an zwei Orten gleichzeitig sein musste."

„Das glaube ich dir." Er musste über die Flut an Erinnerungen lachen, die ihm in den Sinn kamen. Als kleine Kinder verwirrten sie ständig ihre Lehrer und spielten ihren Freunden Streiche. Das war natürlich so viel einfacher, da ihre Mutter darauf bestand, sie in gleicher Kleidung zur Grundschule zu schicken.

„Oh. Dein Lächeln wird nicht nur breiter, deine Augen funkeln jetzt auch noch. Einen Penny für deine Gedanken."

„Es ist dein Kommentar darüber, an zwei Orten gleichzeitig zu sein. Hin und wieder hat das bei uns tatsächlich geklappt. Irgendwie."

„Irgendwie?" Ihre Augen weiteten sich und ihre Mundwinkel hoben sich.

Er mochte ihr Lächeln wirklich. „Das erste Mal, dass es für uns nach hinten losging, war in unserem ersten Jahr an der High School. Pax hatte versehentlich zwei Dates für denselben Abend vereinbart."

„Versehentlich?"

„Das hat er zumindest gesagt. Er hatte monatelang daran gearbeitet, Patty Nelson dazu zu bringen, Ja zu einem Date zu sagen. In seiner Begeisterung hatte er aber vergessen, dass er Maggie Roberti bereits versprochen hatte, sie am selben Tag zur Hochzeit ihres Bruders zu begleiten. Er brauchte mich, um ihn zu vertreten."

„Welche von beiden hast du ausgeführt?"

„Maggie, natürlich. Pax ließ niemanden auch nur in die Nähe von Patty."

„Also, was ist schiefgelaufen?"

„Nichts. Bis nach der Hochzeit. Auch wenn Pax und ich völlig unterschiedlich sind –"

„Wie das?"

Er zuckte mit den Schultern. „Hauptsächlich unterschiedliches Temperament. Außerdem kann Pax fantastisch kochen. Eine Zeit lang dachten wir, er würde Koch werden. Ich hingegen schaffe es, Wasser anbrennen zu lassen.“

„So schlecht?“ Sie lachte.

„Ja schon. Trotz unserer Unterschiede kennen wir uns jedenfalls sehr gut. Manchmal ist es so, als wüssten wir mehr über den anderen als über uns selbst. So zu tun, als wären wir der andere, war etwas, das wir gut konnten, seit wir Dreikäsehochs waren.“

„Nun, etwas muss passiert sein, damit eure Bemühungen nicht ganz funktioniert haben.“

„Zu meiner Überraschung hatte ich tatsächlich eine schöne Zeit mit Maggie, und ich glaube, sie hatte auch Spaß. Als die Hochzeit zu Ende war, war sie hungrig, weshalb wir auf einen Mitternachtssnack ins Broad Street Diner gingen.“

Connie zuckte zusammen.

„Ja. Zwei Dumme, ein Gedanke. Pax war mit Patty auch zum Essen dorthin gegangen.“

„Erwischt.“ Connie lächelte und schüttelte den Kopf. „Es geschieht euch beiden recht, weil ihr versucht habt, die Frauen zu täuschen.“

„Ja. Am Ende wollte keines der Mädchen mehr mit einem von uns reden.“

„Gut für sie. Zumindest habt ihr eure Lektion gelernt.“

Er tat sein Bestes, ein Lächeln zu unterdrücken, aber Connie stellte ihn zur Rede.

„Du grinst schon wieder. Erzähl mir nicht, dass ihr das noch einmal getan habt?“

„Okay.“ Er zuckte lässig mit den Schultern. „Ich werde es dir nicht erzählen.“

Daraufhin brach schallendes Gelächter aus Connies Bauch heraus. Der Klang war ansteckend. Innerhalb weniger Minuten lachten beide, bis ihnen die Tränen kamen. Er konnte sich fast vorstellen, wie sie auf einige ihrer anderen Geschichten reagieren würde. Natürlich gab es einige, die einfach hinter verschlossenen Lippen bleiben mussten. Obwohl er das vor ein paar Tagen noch nicht gedacht hätte, wollte er jetzt nichts tun, was Connie vertreiben könnte. Aber jetzt musste er sich entscheiden: Wollte er irgendetwas tun, um Connie noch näher zu kommen?

KAPITEL SIEBEN

„**A**lso, was denkst du?" Owen zog die Tür seines Trucks hinter sich zu.

Während Owen mit dem Managementteam des Boutique-Hotels geredet hatte, hatte sich Connie im Rest des Hotels umgesehen. Mit Erlaubnis des Hotelmanagers hatte ihr eine der Angestellten Zugang zu einem regulären Zimmer und zu einer Suite gewährt. Für ihren Geschmack waren die Matratzen zu fest, aber sie wusste, dass die Lebensdauer von Matratzen in einem Hotel umso länger war, je fester sie waren. Als Connie und Owen im Hotel fertig waren, war der Tag schon fast zu Ende und sie mussten nach Tuckers Bluff zurückfahren.

Connie legte den Sicherheitsgurt an und zog ihre Schuhe aus, weil sie es satthatte, auf hohen Absätzen zu laufen. „Nicht schlecht, aber nichts Besonderes. Was ist mit dir?"

Er kicherte leise. „Nicht schlecht, aber nichts Besonderes."

Es war nervig, ihre eigenen Worte als Antwort zu bekommen, aber sein Lächeln verriet ihr, dass er wirklich genauso dachte wie sie. „Sind sie ein möglicher Kandidat?"

Er stieß einen schweren Seufzer aus. „Vielleicht, aber ich glaube nicht. Sie haben genau die richtigen Dinge gesagt, aber die Resonanz fehlte."

„Gute Wortwahl. Mir ging es genauso, als ich

durch das Hotel ging. Es gab nichts Besonderes, nichts, was mich wirklich begeisterte, nichts, was mir das Gefühl gab, etwas Besonderes zu sein oder mich dazu verleitete, eines Tages wiederkommen zu wollen. Und ich dachte nicht, dass ihr das für das neue Hotel wollt.“

„Du hast recht. In der ganzen Stadt ist die freudige Aufregung bezüglich allem zu spüren, was in der Geisterstadt entsteht. Es macht ihnen nicht nur Spaß, die Geschichte wieder zum Leben zu erwecken, oder die Aufmerksamkeit der TV-Show zu genießen. Auch das Potenzial, dass hier eine neue Gemeinde entsteht, und alles, was damit einhergeht, zieht jeden Beteiligten in ihren Bann. Je länger wir daran arbeiten, diese alte Stadt wieder zum Leben zu erwecken, desto mehr geht es meinen Brüdern und mir genauso.“

„Soweit ich gesehen habe, macht ihr alle gute Arbeit.“

„Ich bekomme gerade einen Crashkurs in Hotelmanagement.“ Er drehte sich zu ihr um und lächelte noch breiter. „Und Innenarchitektur.“

Sein Telefon klingelte und er drückte den Knopf für die Freisprecheinrichtung am Lenkrad. „Owen hier.“

„Mr. Farraday, hier spricht Kathy. Ich wollte die endgültige Personenzahl für die Busse bestätigen.“

„Es tut mir leid. Ich bin gerade unterwegs und habe keinen Zugriff darauf. Ich dachte, wir hätten noch eine Woche Zeit, bis Sie die Zahlen brauchen?“

„Ja, aber ich habe eine Last-Minute-Anfrage wegen einiger Busse für eine Hochzeit, und möchte Sie nicht zu kurz kommen lassen.“

„Ich verstehe. Kann ich mich morgen mit den Zahlen bei Ihnen melden?“

„Natürlich.“

Er verabschiedete sich und rief dann seinen Bruder an.

„Was ist los, Brüderchen?"

„Das Busunternehmen möchte eine endgültige Personenzahl. Etwas wegen Bussen für eine Hochzeit. Glaubst du, dass unsere Schätzung ausreichen wird?"

„Wir haben niemandem gesagt, dass er seine Teilnahme sofort bestätigen muss. Ich kann ein paar Anrufe tätigen und sehen, ob wir vielleicht ein paar Last-Minute-Anmeldungen bekommen."

„Das wäre gut. Ich denke, wir sollten wahrscheinlich einen Puffer kalkulieren. Ich möchte niemanden abweisen, der teilnehmen möchte."

„Stimmt. Wie Mom immer sagte: Wer A sagt, muss auch B sagen. Das kostet uns sowieso ein kleines Vermögen, was ist da schon ein bisschen mehr?" Die tiefe Stimme am anderen Ende kicherte.

„Es wird sich lohnen. Wichtig ist nur, dass die Kinder – so viele Kinder wie möglich – eine tolle Zeit haben. Wir können an einem anderen Tag mehr Geld verdienen."

„Soll ich mit Valerie sprechen und sehen, ob der Fernsehsender etwas davon sponsern möchte?"

Jetzt wurde ihr klar, dass er mit Morgan sprach. Außerdem erkannte sie, dass der Geizkragen der Farraday Construction Company definitiv eine andere Seite hatte.

„Nicht wirklich. Zugegeben, es wäre schön, zusätzliches Geld zum Ausgeben zu haben, aber ich möchte mich wirklich nicht mit der Bürokratie und wer weiß welchen anderen Hindernissen herumschlagen. Wir machen das einfach so, wie wir es wollen. Meinst du nicht?"

„Ich stimme dir zu. Sehen wir uns heute zum Abendessen auf der Ranch?"

„Ich bin mir noch nicht sicher."

„Okay. Wir reden später."

Von da an hörten die Telefonate nicht mehr auf.

Kein Wunder, dass der Kerl dazu neigte, mürrisch zu sein. Jeder Anruf brachte eine Herausforderung nach der anderen mit sich, und Owen schien für alle der Ausputzer zu sein. Soweit sie wusste, gab es ein Problem mit einem Immobiliengeschäft, an dem sie beteiligt waren. Sie hatte keine Ahnung gehabt, dass Owen auch eine Maklerlizenz besaß. Dann gab es noch ein Problem mit einer Sonderbestellung einer Holzart, von der sie noch nie gehört hatte und die für ein Projekt im Norden Oklahomas bestimmt war. Und als ob das noch nicht genug gewesen wäre, war es bei einem Umbauprojekt zu einem Einbruch gekommen, bei dem die Diebe alle Wände aufgerissen hatten, um das Kupfer der Leitungen herauszuschneiden. Sie hatte mit den Brüdern schon bei verschiedenen Projekten zusammengearbeitet, wusste aber nicht, wie weitreichend ihre Tätigkeiten waren. Irgendwann rief seine Tante Eileen an, um ihm mitzuteilen, dass er Connie zum Abendessen auf die Ranch bringen sollte und einer seiner Cousins sie danach zurück in die Stadt mitnehmen würde, wo Owen sie am Morgen abholen könnte, um sie in die Geisterstadt zu ihrem Auto zu bringen.

„Ja, Ma'am. Ich werde fragen, ob sie mit diesem Plan einverstanden ist." Er warf Connie einen Blick zu und sie zuckte mit den Schultern. Der Ton in der Stimme seiner Tante und all die Geschichten, die sie gehört hatte, hatten ihr das Gefühl gegeben, dass es sowieso keinen Sinn hätte, Einwand zu erheben. „Das passt, Tante Eileen."

Der Ton des Gesprächs veränderte sich und sowohl in Owens als auch in der Stimme seiner Tante war Zärtlichkeit zu hören. Diese Familie war wirklich etwas Besonderes. Und genau wie schon auf dem ersten Teil der Fahrt ging während des Gesprächs ein weiterer Anruf ein. Owen verabschiedete sich höflich von seiner

Tante und nahm den Anruf entgegen, um das Problem des nächsten Bruders zu lösen. Anscheinend hatte sie Mr. Owen Farraday unterschätzt und musste etwas nachsichtiger mit dem Kerl sein. Vielleicht.

Ein ständig klingelndes Telefon gehörte für Owen zum Alltag, aber das hier war lächerlich. Er hatte kaum Gelegenheit gehabt, zwei Worte mit Connie zu wechseln. Normalerweise war die Materialbeschaffung für die Projekte relativ einfach und vieles konnte online erledigt werden, aber dieses Projekt war etwas einzigartiger als ihre üblichen Aufträge. Deswegen hätte er gerne mehr von ihr dazu hören wollen, vor allem, ob der kurze Einkaufsbummel geholfen hatte.

Erst als er in die Auffahrt zum Grundstück seiner Tante und seines Onkels bog, konnte er sein letztes Gespräch endlich beenden und warf müde sein Handy ins Handschuhfach. „Es ist Zeit, Feierabend zu machen."

Als er die Tür öffnete, rannte Gray auf den Truck zu. Mit im Dreck wedelndem Schwanz wartete der Hund geduldig darauf, dass er sich vorbeugte und ihn hinter den Ohren kraulte. „Und, wie geht es dir?"

Gray bellte einmal fröhlich, während seine Gefährtin zur Beifahrerseite huschte.

„Na, du bist aber ein Schatz." Connie tat es Owen gleich, beugte sich vor und kraulte den geduldigen Hund im Nacken.

„Es wurde aber auch Zeit, dass ihr kommt." Seine Tante lehnte auf der Veranda an einem Pfosten und lächelte sie an. „Trödelt nicht. Alle haben Hunger."

„Ja, Ma'am." Er tätschelte noch einmal Grays Kopf und nickte seiner Tante zu, als sie sich umdrehte. Dann ging er Seite an Seite mit Connie zur Veranda und ins Haus.

„Macht ihr das oft?" Connie hielt inne, um den Hunden, die sich nun auf die Veranda legten, eine letzte Streicheleinheit zu geben.

„Was?"

„Euch zum Abendessen zu treffen. Ich meine, ich weiß, dass das sonntags eine große Sache ist. Aber es ist ein normaler Abend unter der Woche und es ist nicht so, dass ihr alle direkt nebenan wohnt."

„Connor technisch gesehen schon. Und Finn lebt auf dem Grundstück. Aber an einem Montagabend wird es keinen großen Andrang geben. Hauptsächlich nur diejenigen von uns, die hier wohnen."

„Verstehe."

„Onkel Owen, schau, was ich gemalt habe!" Connors Tochter kam angerannt und winkte ihm mit einem Blatt Papier zu.

Er ging in die Hocke, um auf Augenhöhe mit ihr zu sein, und griff nach der Zeichnung. „Oh mein Gott. Was für ein wunderschönes Gemälde."

Mit vor Freude funkelnden Augen strahlte das kleine Mädchen zu ihm hinauf. „Das ist dein Pferd."

„Es sieht genau wie Brady aus." Das einfache Gemälde sah so aus, als könnte es sich um jedes beliebige Pferd handeln, aber zu seiner Überraschung handelte es sich eindeutig um ein klar definiertes Pferd. Den Proportionen und der Linienführung nach vermutete er, dass Stacey eines Tages wohl eine echte Künstlerin sein würde.

„Mommy sagt, ich kann beim Abendessen neben dir sitzen, wenn es dir recht ist?"

„Natürlich ist es das. Wie wäre es mit einem besonderen Ritt ins Esszimmer?"

Das kleine Mädchen ließ ein breites, zahniges Grinsen erstrahlen und bewegte aufgeregt den Kopf auf und ab.

„Los geht's, Prinzessin." Owen hob seine Nichte vom Boden hoch, drehte sie herum und setzte sie dann auf seine Schultern. „Euer Dinner erwartet Euch, Eure Hoheit."

Stacey kicherte und Owen dankte dem Herrn für die Wiedervereinigung der Oklahoma-Farradays mit dem texanischen Zweig der Familie. Kleine Kinder um einen herum verschönerten einfach den Tag. Aus irgendeinem Grund hatte Stacey Gefallen an ihm gefunden, als sie sich das erste Mal getroffen hatten. Da sie auf einer Pferderanch aufwuchs, war die Liebe zu diesen Tieren eine Selbstverständlichkeit, aber sie schien auch eine besondere Gabe im Umgang mit ihnen zu haben. Als Brady sich einen Huf an einem Stein verletzt hatte, war es die kleine Stacey, die das Pferd mit sanfter Stimme beruhigt hatte, während Owen sich um die Verletzung kümmerte. Von diesem Moment an folgte Brady dem kleinen Mädchen wie ein verlorener Welpe überall hin. Der Anblick, den ein so riesiges Tier und ein so zierliches kleines Mädchen boten, war für ihn der Grundstein, ihr Lieblingsonkel sein zu wollen. Er vermutete, dass jeder andere Farraday genauso um die Gunst des Süßen Mädchens buhlte, weshalb er die besondere Aufmerksamkeit, die ihm gerade zuteilwurde, jede Minute auskosten würde.

Am Tisch saß Stacey an seiner einen Seite und Connie, die von Tante Eileen dort platziert wurde, an seiner anderen.

„Wie hat dir Butler Springs gefallen?", fragte Catherine, Staceys Mutter, Connie.

„Ich habe nicht wirklich viel davon gesehen."

Morgan griff nach dem Brotkorb. „Klingt, als müssten wir nach Abschluss des Projekts jemand anderes finden, der das Hotel verwaltet."

„Connie hat auf ein paar Dinge hingewiesen, bei

denen das Boutique-Management versagt hat. Auch wenn wir ein schlüsselfertiges Hotel präsentieren, bei dem die Stühle nicht kratzen und die Gäste sich nicht die Knie an den Tischen stoßen, sehe ich einfach nicht die Liebe zum Detail, die wir anstreben.“

Neil nickte. „Wir haben andere Optionen. Morgen werde ich einige davon weiterverfolgen.“

„Klingt nach einem Plan.“

„Apropos.“ Valerie legte ihre Gabel auf ihren Teller. „Während ihr in Butler Springs wart, bereitete sich das Fernsehteam darauf vor, mit den Dreharbeiten zu beginnen. Uns wurde vom Netzwerk ein neuer Zeitplan ausgehändigt, und wenn wir nicht ein paar zusätzliche Hämmer an Bord holen, werden wir nicht in der Lage sein, ihn einzuhalten.“

Valerie war eine außergewöhnliche Reality-Show-Produzentin, und nach mehreren Episoden der Serie *Construction Cousins* war sie verdammt gut darin geworden, den Drehplan und den Bauzeitplan in Einklang zu bringen.

„Wir können auf keinen Fall weitere Crews von anderen Projekten abziehen.“ Quinn schüttelte den Kopf.

„Das bedeutet“, Neil schwenkte eine Gabel in die Luft, „wir Bleistiftschubser müssen mal wieder den Werkzeuggürtel anlegen.“

Valerie tippte mit dem Finger auf ihre Nase und nickte.

„Das wird Spaß machen“, fügte Morgan hinzu. „Seht nur, wie gut das Gehöft-Projekt gelaufen ist.“

Pax neigte den Kopf zur Seite. „Wenn man nicht mitzählt, dass Owen mit dem Fuß durch die Decke gebrochen ist.“

„Fangen wir bitte nicht wieder damit an“, seufzte Owen. Seine Mutter hatte es endlich geschafft, eins und eins bezüglich des großen Geisterstadtproduktion und der Farradays aus Tuckers Bluff zusammenzuzählen, und hatte ihn an diesem Tag mit Anrufen bombardiert. Wegen dieser ständigen Ablenkungen und des dunklen Dachbodens hatte ein einziger Fehltritt genügt, um ihn praktisch von den Dachsparren baumeln zu lassen.

„Du bist durch die Decke gebrochen?" Connies runde Augen ähnelten einer erschrockenen Eule.

„Nur mein Fuß."

Ihr Blick blieb mit Überraschung erfüllt.

„Oh", Tante Eileen winkte Connie zu, „ich hätte fast vergessen, es dir zu sagen. Als ich heute Nachmittag in der Stadt war, traf ich die Schwestern und sie sagten, ich solle dich wissen lassen, dass sie noch ein paar Sachen von der Neugestaltung des Bordells übrig haben …"

Connie lehnte sich an ihn und fragte leise: „Hat sie gerade Bordell gesagt?"

Owen kicherte verstohlen und nickte.

„… und sie dachten, du könntest vielleicht etwas davon im Hotel nutzen. Sie sagten auch, ich soll dir mitteilen, dass sie über einige wunderbare Online-Quellen verfügen."

Connie nickte. „Danke sehr. Aber wer sind die Schwestern?"

„Oh. Entschuldigung. Ich habe vergessen, dass du nicht von hier bist." Tante Eileen verdrehte angesichts ihres eigenen Fehlers die Augen. „Ihnen gehört der Gemischtwarenladen in der Innenstadt. Er heißt *Sisters*."

„Verstehe." Connie nickte.

„Ich nehme dich mit, damit du sie kennenlernen kannst", meldete sich D.J.s Frau Becky freiwillig. „Ich muss ein Paar neue Schuhe abholen, die ich für Katie bestellt habe. Sie blinken und ich dachte, das würde ihr gefallen."

„Ich muss morgen früh mein Auto holen und ein

paar Messungen vornehmen, aber wenn ich zurück in der Stadt bin, würde ich mich sehr freuen, sie kennenzulernen."

„Und in diesem Sinne", Becky nahm die Teller von ihr und ihrem Mann, „ich muss Katie von Meg und Adam abholen. Also ist es Zeit für uns, gute Nacht zu sagen."

Connie schob sich vom Tisch zurück. „Ich hole meine Handtasche. Danke nochmal, dass ihr mich mitnehmt."

„Es ist uns ein Vergnügen." D.J. ergriff die Hand seiner Frau und grinste auf sie herab, bevor er Connie ein sanfteres Lächeln zuwarf.

Obwohl D.J. äußerst glücklich verheiratet war, hatte Owen aus irgendeinem seltsamen Grund das Bedürfnis, seinen Cousin anzuknurren und ihm zu sagen, er solle sein Lächeln für sich behalten. Wie verrückt war das?

KAPITEL ACHT

„Was hältst du bisher von Tuckers Bluff?" Meg stellte Connie einen Teller mit frischen Backwaren hin.

Die meiste Zeit ihres Lebens hatte Connie geglaubt, sie würde erst dann aufwachen, wenn sie ihre zweite Tasse Kaffee getrunken hatte. Anscheinend konnte der leckere Duft von Tonis Backwaren dasselbe bewirken. „Ich muss noch ein bisschen mehr erkunden. Die Schwestern besuchen. Aber die Geisterstadt ist wirklich cool. Ich bin mir nicht sicher, was ich erwartet habe, aber ich war sehr beeindruckt."

„Wir sind alle so begeistert davon. Seit Joanna die Verbindung zwischen Three Corners und Tuckers Bluff und den Schwestern entdeckt hatte, waren wir fasziniert. Als sich die Produktionsfirma engagierte und anfing, bei der Restaurierung der alten Stadt mitzuhelfen, waren wir völlig hin und weg. Ich jedenfalls kann es kaum erwarten, das Endprodukt zu sehen."

„Geht mir genauso." Becky kam zur Tür herein. „Ich kann es kaum erwarten, dass das Hotel und das Spa öffnen und sich unser freitäglicher Mädelsabend in einen Wochenendaufenthalt verwandelt."

„Guten Morgen." Die Stimme, die durch den Flur drang, war tief, rau und eindeutig männlich, und zu ihrer Überraschung wusste sie genau, wem sie gehörte.

„Das ist eine Überraschung." Meg lächelte den

Cousin ihres Mannes an, als er die Küche betrat.

Owen nahm sich einen Moment Zeit, um Becky und Meg zu umarmen, und zuckte mit den Schultern. „Sissy hat angerufen und gesagt, dass die Kostüme für das Palooza da sind, also hat Tante Eileen mich geschickt, um sie abzuholen. Und da ich schon hier bin, wollte ich Connie zur Baustelle mitnehmen, damit sie ihr Auto abholen kann."

„Oh, gut." Becky griff nach einem Croissant. „Ich hätte sie gerne mitgenommen, aber wenn du sowieso fährst, wird Adam sich freuen, mich früher in der Arbeit zu sehen."

„Bist du bereit?" Owen stand Connie gegenüber.

Sie nickte, warf ihre Handtasche über die Schulter und schnappte sich einen weiteren Muffin. „Bereit."

„Warte." Meg hob die Hand und goss dann Kaffee zusammen mit der richtigen Menge Zucker und Milch in einen To-go-Becher. Kein Wunder, dass die Frau eine großartige Gastwirtin war, sie erinnerte sich an alles.

„Danke."

„Okay. Wir sind weg. Bis später." Owen gab Connie ein Zeichen, voranzugehen, und hielt ihr dann die Haustür auf. In Gegenwart jedes Mitglieds des Farraday-Clans fühlte sie sich in ein Zeitalter der Ritterlichkeit zurückversetzt, von dem Connie glaubte, es wäre unwiederbringlich verlorengegangen.

„Das Sisters liegt gleich den Hügel hinunter und an der Ecke der Main Street. Es wird nur eine Minute dauern, dorthin zu gelangen." Owen schloss die Tür hinter ihr und umrundete die Motorhaube.

Als er in seinem Auto saß, fragte sie: „Was für Kostüme holst du ab?"

„Sie sind für das Palooza."

„Das habe ich schon ein paar Mal gehört. Was genau ist das Palooza?"

„Das ist eine Wochenendveranstaltung in der Geisterstadt für benachteiligte Kinder in Pflegefamilien.“

Ehrlich gesagt hatte sie das nicht auf dem Schirm gehabt.

„Zu Hause haben wir, wenn es die Zeit erlaubte, bei Mentoring-Programmen mitgeholfen. Hier in Tuckers Bluff sind wir von solchen Problemen relativ isoliert. Aber D.J. erwähnte, dass ihm ein Sozialarbeiter in Butler Springs von ihrer Überlastung durch eine sehr hohe Fallzahl erzählte. An einem Sonntag nach der Kirche kam die Familie ins Gespräch und wir überlegten, einen besonderen Ranchathon für Pflegefamilien zu veranstalten –“

„Sorry, Ranchathon?“

Owen kicherte. „Das ist ein Mini-Familienrodeo, das Onkel Sean und Tante Eileen jedes Jahr auf der Ranch veranstalten. Aber irgendwie verwandelte sich die Idee von einem Nachmittag auf der Ranch zu einem Wochenende in der Geisterstadt. Es werden zwei Tage und zwei Nächte sein. Die Geschäfte haben geöffnet und werden von Stadtbewohnern in Kostümen besetzt sein. Wir werden den Saloon soweit aufräumen, dass wir ihnen dort eine Show bieten können. Außerdem bauen wir Zelte zum Schlafen auf, machen ein nächtliches Lagerfeuer mit Geistergeschichten und Marshmallow-Grillen, und die Kinder können einfach den Sternenhimmel genießen, den dieser Teil des Landes zu bieten hat. Viele dieser Kinder haben keine Ahnung, wie schön der Nachthimmel sein kann, wenn er nicht mit der Lichtverschmutzung konkurriert.“

„Wann ist das alles geplant?“

„In knapp drei Wochen.“

„Hat das etwas mit den Bussen zu tun, von denen du gestern gesprochen hast?“

Er nickte. „Ja, und wir wollen nicht, dass jemand

außenvorbleibt."

Diese ganze Sache gab ihr Anlass zum Nachdenken. Es gab höfliche, gut erzogene, altmodische Familien, und dann gab es solche, die sich die Mühe machten, etwas zu bewirken. Sie war sich nicht sicher, ob sie beide jemals in einer einzelnen Familie vereint gesehen hatte.

Owen parkte vor einem mittelgroßen Laden, über dem ein großes Schild mit der Aufschrift *Sisters* hing. Als sie die Eingangstür öffneten, ertönte eine altmodische Klingel, die den Ladenbesitzern mitteilte, dass sie Kunden hatten. Connie war sich nicht sicher, was sie mehr überraschte: die unerwartete Größe des Ladeninneren im Vergleich zu der kleinen Fensterfront oder die beiden Frauen, die hinter dem Vorhang hervortraten. Beide waren in bodenlangen Gingham-Kleidern mit Spitze und überschnittenen Ärmeln gekleidet, wodurch sie aussahen, als wären sie einer Folge von *Rauchende Colts* oder *Bonanza* entsprungen. Das Erstaunliche waren jedoch nicht die Outfits, sondern die Frauen selbst. Die eine war extrem groß und dünn und hatte rotes Haar, die andere war genauso breit wie groß und hatte toupiertes blondes Haar, das der texanischen Hochsteckfrisur eine ganz neue Bedeutung verlieh.

„Oh, willkommen." Die kleine Blondine hielt den Saum ihres Rocks in beiden Händen und wirbelte herum. „Sind die nicht wunderbar?"

„Wie schön!" Connie streckte die Hand aus und betastete den Rock einer der Schwestern. „Ich dachte immer, es würde Spaß machen, in einer anderen Ära zu leben, in der gewöhnliche Kleidung so viel mehr war."

„Wir haben einige zusätzliche Exemplare bestellt. Die ganze Stadt ist daran interessiert, sich zu kostümieren, um bei der Essensausgabe und den Karnevalsspielen sowie den Duellen und dem Viehtrieb mitzuhelfen. Möchtest du eines anprobieren?“

„Entschuldigung. Hast du Duelle gesagt?“

Owen stieß ein tiefes Lachen aus. „Nichts Gefährliches. Zwei alte Käuze werden so tun, als würden sie auf der Hauptstraße ein Duell veranstalten. Und beim Viehtrieb werden nur ein paar Rinder die Straße entlang getrieben und dann in die alten Ställe für die Planwägen geführt.“

Connie strich über ein Kleid, das die große Rothaarige ihr hinhielt. Es war schicker als das einfache Gingham-Karomuster, das die Ladies trugen.

„Es wird dir großartig stehen“, ermutigte die Kleinere.

„Was mich daran erinnert.“ Die Große schnippte mit den Fingern. „Wir haben auch die Westen für die Männer bekommen. Die Hutbestellung für die Kinder wird in ein paar Tagen hier sein.“

„Großartig. Soll ich die die Hüte auch gleich bezahlen?“

Die Rothaarige schüttelte den Kopf. „Du kannst sie bezahlen, wenn du sie abholst. Nun, junge Lady.“ Die Frau drehte sich um und gab Connie ein Zeichen, ihr zu folgen. „Dieses Kleid ist perfekt für dich. Die ganze Stadt freut sich riesig über dieses Ereignis. Diese Jungs aus Oklahoma sind etwas Besonderes, aber Owen, er ist ein echtes Juwel.“

Sie war sich nicht sicher, was den Teil mit dem Juwel anging, aber sie begann zu begreifen, dass hinter diesem Mann viel mehr steckte als nur die Zahlen in der Bilanz.

„Ich meine, jeder trägt etwas bei. Den Erlös aus dem Handelszentrum haben wir bereits für die Show investiert und ein Teil des Geldes kommt von der Produktionsfirma, aber was damit nicht gedeckt werden konnte, berappen die Farradays, damit für diese Kinder alles perfekt wird. Cowboyhüte für über fünfzig Kinder sind nicht billig, und der junge Owen dort zahlt sie aus eigener Tasche."

Obwohl Owen im Laden auf der anderen Seite des Vorhangs stand, blickte sie über ihre Schulter, als könnte sie den Mann sehen, von dem die Rothaarige sprach. Irgendwie passte es nicht zu dem mürrischen Geizhals, den sie kennengelernt hatte, die Rechnung für Cowboyhüte für all diese Kinder zu bezahlen. Aufgrund des Gesprächs, das sie neulich mitgehört hatte, und dem, was die Schwestern nun über die Hüte sagten, hatte Connie das Gefühl, dass Owen auch das Geld für die zusätzlichen Busse zusammenkratzte. Das brachte sie zum Staunen.

„Bitte sehr." Der Rotschopf öffnete eine schmale Tür.

Als sie die Umkleidekabine betrat, starrte sie auf das Kleid, das die Rothaarige an einen Haken gehängt hatte. „Als Kind habe ich es immer geliebt, mich zu verkleiden, aber das hier ist ein ganz neues Level."

„Wir diskutierten darüber, passende Schuhe zu bestellen, aber am Ende entschieden alle, dass unsere Cowboystiefel sinnvoller und sowieso nicht zu sehen wären. Hast du ein Paar?"

Connie schüttelte den Kopf, aber sie hatte das Gefühl, dass sie sowohl ein neues Kleid als auch neue Stiefel besitzen würde und dass sie in Bezug auf einen gewissen Owen Farraday über eine Menge nachdenken musste, sobald sie diesen Laden verließ.

Während Connie drinnen war und mit Sissy das neue Kleid anprobierte, wickelte Sister die Kleiderbestellung für die Ladies auf der Ranch ein und verpackte sie so, als hätten sie vor hundertfünfzig Jahren eingekauft.

Keine Einkaufstasche. Gefaltet und in braunes Papier eingewickelt und mit Bindfaden zusammengebunden. Als Connie hinter dem Vorhang hervorkam, hatte er das Gefühl, in die Vergangenheit zurückversetzt worden zu sein. Er brauchte seine ganze Kraft, um nicht den Mund zu öffnen und etwas Dummes wie *Wow* zu stammeln. „Das Kleid steht dir großartig."

Ihr Lächeln war das breiteste, das er je gesehen hatte. Sie zuckte süß mit den Schultern und wirbelte dann für ihn herum. „Mir wurde gesagt, dass ich auch Cowboystiefel brauche."

„Wir dachten darüber nach, die Mode aus den späten achtzehnhundertsechziger-Jahren zu verwenden, die gepolsterte Reifröcke beinhaltet hätte, aber am Ende entschieden die Frauen, dass wir mit all den Krinolinen und Glockenärmeln schon genug hätten, an das wir uns gewöhnen müssten."

Das Kleid hatte einen wunderschönen Blauton, der den dunklen Farbton ihrer Augen hervorhob. Rüschenspitze säumte die Nähte und ein hübscher, floraler Stoff war um die Hüften gewickelt und über das Grundblau drapiert. Wäre das wirklich das Ende des achtzehnten Jahrhunderts gewesen, hätte ihre Familie die Menge an Freiern mit einem Stock davonjagen müssen.

Er war sich nicht sicher, was über ihn kam, aber er legte eine Hand auf seinen Bauch und die andere hinter seinen Rücken und verneigte sich in der Taille. „Darf ich um diesen Tanz bitten?"

Ein heller Rosaton ließ kurz ihre Wangen erröten. Sie lächelte immer noch und machte einen kleinen Knicks. „Ich danke, werter Herr."

Aus dem Augenwinkel erhaschte er einen Blick auf Sister, die sich genüsslich die Hände rieb, und Sissy, die hinter die Theke eilte. Einen Moment später wurde die sanfte Musik lauter, die zum Einkaufsvergnügen der Kunden spielte. Obwohl die beliebte Siebziger-Jahre-Melodie anders war als alles, was hundert Jahre zuvor gespielt worden war, ergriff er ihre Hand und glitt in seinem besten Versuch, einen Wiener Walzer zu tanzen, durch den Laden.

Die Klingel über der Ladentür ertönte und verkündete, dass jemand hereingekommen war, aber er hatte zu viel Spaß, um mit dem Tanzen aufzuhören. Bevor er sich versah, tanzte sein Cousin Adam mit Sissy an seiner Seite. Noch ein paar andere kamen herein, um ihre Kostüme abzuholen, und das Echo der Worte *eins, zwei, drei, eins, zwei, drei* war zu hören, als alle im Laden herumwirbelten und nun zu einer weiteren alten Melodie Walzer tanzten.

„Oh mein Gott", dröhnte die Stimme von Frank, dem Koch aus dem Café. „Habt ihr alle den Verstand verloren?"

Fast alle im Laden brachen in schallendes Gelächter aus. Owen trat widerstrebend einen Schritt zurück, neigte kurz den Kopf zu Connie und lächelte. „Danke sehr."

Neben ihm schlug Sister die Hände zusammen und hüpfte praktisch herum. „Ich weiß, das Palooza ist für die Kinder, aber wir sollten wirklich eine kleine Band engagieren, damit die Erwachsenen ein bisschen tanzen können."

Owen zuckte mit den Schultern. Auch wenn die Idee durchaus ihren Reiz hatte, galt der Zweck dieser Veranstaltung, wie Sister so richtig gesagt hatte, den Kindern und nicht den Erwachsenen. „Vielleicht."

„Ich denke, ich sollte dieses Kleid besser ausziehen." Connie trat einen Schritt zurück.

„Wenn du wieder nach Sadieville fährst, kauf diese Stiefel besser jetzt." Sister lächelte sie an.

„Gute Idee." Sie hastete hinter den Vorhang.

Adam klopfte seinem Cousin auf die Schulter.

„Nun, ich muss zugeben, als Meg mich bat, unsere Kostüme abzuholen, hatte ich keine Ahnung, dass ich hier Cotillion-Unterricht bekommen würde."

„Nun, ich jedenfalls bin begeistert." Sissy legte ihre Hand auf ihre Brust. „Es ist schon eine Ewigkeit her, seit ich mit einem gutaussehenden jungen Mann getanzt habe."

„Denkst du wirklich daran, auf dem Palooza eine Möglichkeit zum Tanzen anzubieten?", fragte Adam.

„Weiß nicht." Er würde mit seinen Brüdern reden müssen. Das Ganze war eine Familienangelegenheit.

„Ich schätze, ich bin bereit." Connie kam aus der Umkleidekabine und reichte Sister das Kleid. „Ich nehme das Kleid, und die Stiefel, die du ausgesucht hast, sind perfekt."

Während die Schwestern Connie abkassierten, unterhielt sich Owen noch ein paar Minuten mit Adam und den anderen, die alle geduldig darauf warteten, ihre Einkäufe zu bezahlen. Aufgrund der großen Begeisterung, die die Stadt zeigte, war er bereit zu wetten, dass das Palooza leicht zu einer jährlichen Veranstaltung werden könnte, wenn es ein Erfolg sein würde.

„Also", Connie warf ihr neues Kleid zusammen mit ihren alten Schuhen auf den Rücksitz seines Trucks und kletterte hinein. „Glaubst du, ich kann irgendetwas tun, um bei dieser Veranstaltung zu helfen?"

„Du willst beim Palooza helfen?"

„Schau nicht so überrascht." Sie kicherte. „Auch ich mag Kinder."

„Auch?"

Sie zuckte mit den Schultern. „An der Art, wie du gestern Abend mit deiner Nichte gespielt hast, konnte ich erkennen, dass du Kinder magst."

Er nickte. „Das tue ich. Sie sind einfach goldig."

„Außer vielleicht, wenn sie in den ersten neun Monaten ihres Lebens alle zwei Stunden wach werden und gefüttert werden wollen."

„Das klingt nach Erfahrung. Hast du Kinder?" Es gab keinen Ring an ihrem Finger, keine Erwähnung eines Ehemanns, aber in der heutigen Welt bedeutete das alles nicht unbedingt etwas.

„Nein. Aber ich habe zwei Schwestern und drei Nichten. Ich vergöttere sie. Aber meine armen Schwestern waren in den ersten Monaten nach jeder Geburt der wandelnde Tod. Und das trotz der Hilfe ihrer Männer. Was kann ich also tun?"

„Hängt davon ab, wie dreckig du dich machen willst."

„Verzeihung?" Sie zog die Augenbrauen hoch und wie jedes Mal, wenn sie das tat, musste er ein Lächeln unterdrücken, weil sie einfach zu bezaubernd aussah.

„Einige der Orte, die wir nutzen werden, wie die alten Ställe, der Saloon und die Schmiede, wurden noch nicht renoviert und wir müssen dafür sorgen, dass sie sicher und aufgeräumt sind. Da wegen der Dreharbeiten viel zu tun ist, werden wir nach Feierabend daran arbeiten. Wahrscheinlich auch am Wochenende."

„Ich bin ziemlich geschickt im Umgang mit einem Mopp und einem Hammer. Ich bin dabei."

Es war nicht zu verhindern, dass sein Gesicht ein breites Grinsen zeigte. Ob es daran lag, dass sie helfen wollte oder daran, dass sie sich mit Werkzeugen auskannte, wusste er nicht genau. Aber was auch immer der Fall war, die nächsten Wochen sahen nun viel rosiger aus.

KAPITEL NEUN

Heute Morgen hatte Connie die Zimmer bereits vermessen und maßstabsgetreue Skizzen der drei verschiedenen Optionen für die Zimmer sowie die Badezimmer angefertigt. Der Kauf von Artikeln für die Badezimmer war am einfachsten, da die Räume selbst für Handtücher und Duschvorhänge kaum relevant waren. Aber in den Schlafzimmern verschob sie auf dem Papier die Möbel von einer Seite zur anderen, um die beste Raumaufteilung zu ermitteln, ohne das Budget zu sprengen.

Normalerweise würde sie wegen Owens finanziellen Einschränkungen murren, aber nachdem sie ein paar Tage mit ihm verbracht hatte, wollte sie es wirklich richtig machen. Sie hatte sich ihren Arbeitsplatz im Büro des zukünftigen Managers eingerichtet. Dieses war einer der Räume, die die Baufirma schon früh fertiggestellt hatte, da es nicht in der Fernsehserie vorkommen würde. Obwohl es wie der Rest des Gebäudes noch Teppichboden, Lampen und Möbel brauchte, war es zumindest staubfrei. Außerdem war sie es gewohnt, an einem provisorischen Schreibtisch zu arbeiten. Ein paar Sägeböcke, eine dicke Sperrholzplatte und ein bequemer Stuhl und sie konnte loslegen.

Was sie von ihrer Arbeit abhielt, war Owen. Für jede Minute, die sie vertieft in ihre Zeichnungen verbrachte, dachte sie zwei Minuten über die vielen

Seiten von Owen Farraday nach. War es ihre Einbildung oder wurde das Lächeln des Mannes mit jedem Tag intensiver? Und diese Augen. Seine tiefblauen Augen, in der Farbe einer azurblauen Bucht, steckten so voller Emotionen. Ob es nun intensive Konzentration beim Helfen auf dem Bau war, die pure Freude beim Spielen mit seinen Nichten oder Neffen oder die Zärtlichkeit im Umgang mit den Tieren. Der Mann war um so vieles komplexer, als sie es sich je vorgestellt hatte.

Ein leises Klopfen ertönte vom Türrahmen. „Hungrig?"

Ihr Blick wanderte zur Uhr an der Wand. Die Zeit war ihr wirklich davongelaufen. Und genau in dieser Sekunde knurrte ihr Magen. „Am Verhungern."

Owen neigte seinen Kopf zur Straße. „Molly macht heute ihre Version von Sausage and Peppers. Ich habe es noch nicht probiert, aber Pax hat mir gesagt, es ist eines der besten Gerichte auf der Speisekarte."

„Klingt gut. Wenn ich heute Abend mit euch in der Schmiede Bretter befestigen soll, brauche ich Treibstoff."

„Wenn du müde bist, können wir auch ohne dich auskommen."

Sie schüttelte den Kopf. „Schlaf wird überbewertet. Gutes Essen und gute Gesellschaft ist alles, was ich brauche. Ich werde im Handumdrehen wieder zu Kräften kommen."

Ein schlaksiger Kerl, dessen Namen sie vergessen hatte, lehnte sich an den Türstock. „Hey, Owen, entschuldige die Unterbrechung, aber das Filmteam braucht dich wieder in der Lobby. Irgendetwas muss neu gedreht werden."

„Komme sofort." Owen drehte sich zu ihr um. „Tut mir leid. Wenn du schon zu Molly gehen willst, komme ich so bald wie möglich nach. Aber ich muss dir sagen,

Reality-TV ist definitiv der falsche Begriff. Es ist lächerlich, wie oft wir manche Dinge für die Kamera wiederholen."

„Wenn es dir nichts ausmacht, würde ich gern zusehen. Dafür habe ich mir noch nicht wirklich Zeit genommen."

„Sicher." Er winkte sie an sich vorbei und in die Lobby.

„Da bist du ja." Valerie, Morgans Frau und Produzentin der Show, kam durch die Lobby geeilt. In einem engen Rock und High Heels stieg sie vorsichtig über herumliegende Holzstücke und diverse Elektrowerkzeuge. „Die Jungs haben mir ein paar Aufnahmen gezeigt, die sie von den letzten paar Minuten gemacht haben, als du und Paxton den Balken installiert habt, um die Stützwand entfernen zu können, wobei ihr über das bevorstehende Palooza gesprochen habt."

Owen nickte.

„Wir dürfen das Palooza nicht erwähnen, aber es wurde so viel geredet, dass wir es nicht rausschneiden können. Und die Installation des Balkens ist ziemlich kritisch, also müsst ihr das wiederholen."

Die Augen des Mannes weiteten sich zu riesigen Kreisen. „Du willst, dass wir den Balken entfernen und neu einsetzen?"

„Nein, nein, nein." Valerie schüttelte den Kopf. „Ich möchte, dass ihr die letzten Schritte durchgeht, als ihr die ganze Zeit geredet habt, und mir einen Dialog gebt, den ich verwenden kann."

Owen blickte zu seinem Bruder, der hinter Valerie stand und nur mit den Schultern zuckte.

Die beiden stellten sich unter dem bereits installierten Balken auf und begannen, über völligen Unsinn zu plaudern. Owen nahm seinen Hammer und schlug gegen den Balken, während Pax so tat, als würde er ihn festhalten. Während die beiden auf einer Leiter balancierten, hielt Connie die ganze Zeit den Atem an. Und tatsächlich, beim letzten Schritt von der Leiter traf Owens Blick den ihren und er verfehlte die letzte Sprosse.

So ziemlich alle Zuschauer, sie eingeschlossen, rangen nach Luft. Sie vergaß das Kamerateam und rannte auf ihn zu. „Geht es dir gut?" Ihre Hände wanderten sofort zu seinem Knöchel, der unter ihm verdreht zu sein schien.

„Es geht mir gut." Er lächelte. „Das wird nicht die erste oder letzte Sprosse sein, die ich verfehle."

„Vergiss die herabhängende Decke nicht." Pax sah nicht im Geringsten besorgt um seinen Bruder aus. „Das hier ist nichts dagegen."

Als Owen aufstand, vollführte er einen kleinen Stepptanz. „Siehst du. Zwei vollkommen gesunde Füße."

Connie stieß einen Seufzer aus und schüttelte den Kopf. „Tut mir leid. Ich schätze, ich habe überreagiert."

Einer der Kameraleute ging an ihnen vorbei und beugte sich nach einem Stromkabel, stieß dabei aber gegen Connies Hüfte, wodurch sie gegen Owen fiel.

Der Mann legte seinen Arm um ihre Taille, um sie zu stützen, und während er auf ihr Gesicht hinunterblickte, als sie so an ihn gelehnt dastand, grinste er. „Wollen wir tanzen?"

Kopfschüttelnd trat sie zurück. „Nicht, bevor ich gegessen habe."

Als sie sich umdrehte, stand Valerie lächelnd neben dem Kamerateam. „Macht doch wenigstens eine Drehung. Das ist genau das, wonach das Publikum lechzt."

Wieder weiteten sich seine Augen. Mit fragenden Augenbrauen, eine höher als die andere, blickte er sie an. Sie hatte keine Ahnung, was sie tun sollte, also zuckte sie nur mit den Schultern. Dann nahm Owen ihre Hand und drehte sie an Ort und Stelle.

„Wartet. Die Kamera läuft nicht." Valerie blickte zu dem Kerl, der die Kamera bediente. Als er ihr zunickte, nickte sie ihnen zu. „Okay. Jetzt."

Owen wirbelte sie noch einmal herum, drückte sie an sich, tanzte ein bisschen Texas-Two-Step und summte eine alte Melodie von Frank Sinatra, die sie nicht genau zuordnen konnte, bis er leise sang: „I get a kick out of you."

An der Art, wie ihre Wangen an ihren Mundwinkeln zogen, wusste sie, dass sie wie eine Idiotin grinste. Aber es war ihr egal. Wer hätte gedacht, dass ein Bauprojekt ihr so viel Spaß bereiten konnte? Oder Owen Farraday? Aber noch etwas hatte sie heute gelernt. Sie würde nie wieder eine Reality-Show ansehen können, ohne alles zu hinterfragen, was sie sah. Schade, dass die Dreharbeiten und der Tanz irgendwann enden mussten. Sie könnte sich an all das Tanzen gewöhnen.

„Ihr bringt Kinder hierher?" Connie stand mit den Händen in den Hüften in der offenen Tür und starrte in die verfallene Schmiede.

Genau diese Worte waren auch ihm als erstes in den Sinn gekommen, als er das Gebäude gesehen hatte. „Ich fürchte ja."

Seine Brüder Quinn, Pax und Ryan waren schon auf der anderen Seite und rissen alte Bretter heraus, schraubten lose Bretter wieder fest oder schleiften Splitter ab.

„Habt ihr vor, auch etwas zu schmieden?"

Er schüttelte den Kopf. „Dieses Jahr nichts mit Feuer. Aber Adam wird Hufschmied spielen und ein paar Pferde beschlagen. Er wird nur die Hufeisen nicht selbst herstellen. Die Kinder sollen aber trotzdem Spaß daran haben."

„Ich hätte Spaß, wenn ich ein Kind wäre." Connie kramte in ihrer Umhängetasche und zog einen dicken Gürtel mit ein paar Lederholstern heraus. Dann holte sie einen Hammer hervor und steckte ihn in eine der Schlaufen. „Bereit."

Owen war sich ziemlich sicher, dass ihm die Kinnlade heruntergefallen war, als sie Werkzeuge aus der Tasche gezogen hatte, in der sie bis jetzt hauptsächlich ihre Papiere aufbewahrt hatte. „Schleppst du immer Werkzeug mit dir herum?"

Sie zog eine Schulter hoch und lächelte ihn an. „Die musste ich mir heute Morgen im Baumarkt besorgen. Aber zuhause ist die Hälfte meiner Speisekammer mit Werkzeugen gefüllt."

„Sorry, du bewahrst dein Werkzeug in der Speise-kammer auf?"

Wieder zuckte sie mit einer Schulter. „Ich bin eine alleinstehende Frau. Ich brauche keine gut gefüllte Speisekammer, und ich lebe in einer Wohnung, also habe ich keine Garage. Die Speisekammer ist also der ideale Ort dafür."

Seine Gedanken wanderten zu einer Vision ihrer Speisekammer, und er fragte sich, ob es sich dabei um ein Regal mit einem hübschen kleinen Werkzeugset mit einem pinken Miniaturhammer und dazu passenden Schraubenziehern handelte oder ob sie wirklich meinte, dass die Hälfte ihrer Speisekammer mit Werkzeug gefüllt war.

„Was soll dieser komische Blick?"

Jetzt war er derjenige, der mit einer Schulter zuckte. „Ich versuche mir nur deine Speisekammer vorzustellen."

„Also, sie ist einen Meter zwanzig breit und hat

Falttüren. Auf der linken Seite bewahre ich Grundnahrungsmittel auf: Müsli, Mehl, Dosensuppen, Trockenwaren. Auf der rechten Seite alle Werkzeuge, die ich für das eine oder andere Projekt brauchen könnte. Hämmer, Nägel, Schrauben, Sägen, Meißel, Schraubenzieher, Wasserwaagen, Anschlagwinkel. Du weißt schon, das Nötigste.“

In seinem Kopf drehte es sich. Seine Innenarchitektin kannte sich mit Werkzeug aus. Nicht das, was er von der Frau erwartet hatte, die immer aussah, als wäre die anstrengendste Arbeit, die sie vollführte, der Umgang mit Bleistift und Papier.

„Wo soll ich anfangen?“

Er nickte und lenkte seine Gedanken zurück ins Hier und Jetzt. „Du wirst mit mir zusammenarbeiten. Um nicht altes und neues Holz zu vermischen, werden wir jetzt alle Bretter, die hier aufgestapelt sind, nehmen und alle Nägel entfernen. Pax und Ryan arbeiten daran, große Splitter abzuschleifen. Normalerweise wäre das nicht so wichtig, aber wenn kleine Kinder herumrennen und sich gegenseitig anrempeln, schubsen oder sonstigen Schabernack treiben, wollen wir sichergehen, dass wir kein Kind wegen eines Splitters unter dem Fingernagel oder Gott weiß wo in die Notaufnahme bringen müssen. Danach werden Neil und Quinn alles zusammen mit den übrigen losen Brettern festschrauben. Tante Eileen und einige andere haben den Müll, der sich über die Jahrzehnte angesammelt hat, bereits weggeräumt, also sollte alles sicher und wieder in Schuss sein, wenn wir mit den Brettern fertig sind.“

„Klingt gut.“

Nachdem sie die Bretter nebeneinander auf einem Satz Sägeböcke aufgereiht hatte, begann Connie ohne Anleitung zu arbeiten.

Sie zog mit der Klaue des Hammers mehrere Nägel heraus, wobei sie bei einem Brett knurrte und etwas murmelte, das er nicht ganz verstand.

„Brauchst du etwas?"

„Ich hätte eine Katzenpfote mitnehmen sollen."

Bei jeder anderen Frau hätte er angenommen, dass sie von Katzen sprach, aber unter diesen Umständen wusste er, dass sie von einem bestimmten Werkzeug sprach, mit dem sich Nägel viel leichter herausziehen ließen als mit einem Hammer. „Woher kennst du eine Katzenpfote?"

„Das hier ist keine Raketenwissenschaft. Nachdem ich schon einmal mit jedem meiner sechs Brüder an einem Projekt gearbeitet habe, weiß ich, was eine Katzenpfote ist."

„Wie viele Geschwister hast du?"

„Insgesamt sind wir neun."

„Neun?"

„Warum siehst du so überrascht aus. Ihr seid zu sechst. Und hier in Tuckers Bluff gibt es sieben Farradays. Ich komme aus einer irisch-katholischen Familie. Außerdem liebt Mom Babys. Sie nervt meine Brüder ständig, zu heiraten und ihr mehr Enkelkinder zu schenken."

„Also ist keiner deiner Brüder verheiratet?"

Sie schüttelte den Kopf. „Zum großen Verdruss meiner Mutter sind nur meine beiden Schwestern verheiratet. Wenigstens haben sie Mom ein paar Enkelkinder geschenkt, damit sie uns alle nicht völlig in den Wahnsinn treibt, weil sie mehr will."

„Deine Familie klingt sehr nach meiner. Außer dass noch niemand von uns meiner Mutter Enkelkinder geschenkt hat und sie uns bei jeder Gelegenheit daran erinnert."

„Wenigstens heiraten einige von euch jetzt. Ich bin mir sicher, es wird nicht lange dauern, bis sie ein oder zwei Enkelkinder hat, die sie glücklich machen."

Angesichts der aktuellen Stimmung seiner Mutter

bezweifelte er, dass irgendetwas sie glücklich machen würde. Nicht einmal als Morgan und Valerie nach Oklahoma fuhren, um noch am selben Tag dort zu heiraten, war die Frau länger als einen Nachmittag zufrieden. Anstatt sich auf das Glück ihres Sohnes zu konzentrieren, schmollte sie, weil Valerie aus Kalifornien stammte und Morgan sich für eine Fernsehshow irgendwo in Texas verpflichtet hatte. Wenn er nur wüsste, warum seine Mutter West-Texas so sehr verabscheute.

„Verdammter Nagel. Sturer als ein störrisches Maultier." Connie drehte das Brett um, an dem sie arbeitete, und hämmerte auf die hintere Spitze des Nagels, um ihn so weit durchzudrücken, dass sie ihn besser greifen konnte.

Owen trat an ihre Seite und griff nach dem Brett. „Manchmal braucht es einfach altmodische rohe Gewalt. Lass es mich versuchen." Er kämpfte gleichermaßen mit dem etwa hundert Jahre alten Nagel, schwang den Hammer voller Kraft und schlug damit genau auf seinen Daumen.

Der Hammer fiel klirrend zu Boden, und Owen stieß eine Reihe von Worten aus, die einen Seemann erröten lassen könnten. Die Augen fest zusammengekniffen, drückte er die Hand an seine Brust. Vielleicht waren es nicht die Kinder, wegen denen er sich Sorgen bezüglich einer Fahrt in die Notaufnahme machen musste.

KAPITEL ZEHN

Wie oft hatte ihr Vater sie ermahnt, beim Arbeiten mit dem Hammer auf ihre Daumen aufzupassen? Wenn sie das wusste, dann Owen bestimmt auch. Und trotzdem hatte der Mann sich erfolgreich den eigenen Finger zertrümmert. Sie packte seinen Arm und sagte leise: „Lass mich bitte mal sehen."

Mehrere seiner Brüder riefen einen Chor von Hänseleien, angefangen bei *Kümmere dich nicht um Mr. Tollpatsch* über *Er hat noch neun gute Finger* bis hin zu einem leicht sarkastischen *Küss das Wehwehchen weg und schick ihn wieder an die Arbeit.*

„Das wird wieder." So wütend wie er seine Brüder anstarrte, war sie sich nicht sicher, was ihm mehr wehtat, sein Daumen oder sein Stolz.

„Das wird es bestimmt, aber lass mich trotzdem mal nachsehen", beharrte sie.

Sie nickte und zog vorsichtig an dem Daumen, den er so fest umklammerte.

Da sie mit Brüdern aufgewachsen war, kannte sie sich mit Beulen und Prellungen ziemlich gut aus, aber das hier war ein echtes Prachtexemplar. So wie ein oder zwei seiner Brüder zusammenzuckten, stimmten sie zu.

„Ich hole etwas Eis." Pax machte schnell kehrt.

Owen wandte sich an seinen Bruder Neil. „Könntest du bitte die Salbe aus meinem Werkzeugkasten holen?"

„Verstanden." Wie sein anderer Bruder rannte auch Neil blitzschnell los.

„Kannst du deinen Finger beugen?", fragte sie.

Der Mann starrte sie fast finster an. „Das ist halb so schlimm."

„Gut. Dann beug ihn."

Er presste die Lippen fest zusammen und schaffte es, den Finger ein klein wenig zu bewegen.

„Tut ziemlich weh, oder?" Natürlich tat es das. Was für eine dumme Bemerkung von ihr.

„Hier bitte." Pax reichte ihm einen blauen Baumwolllappen voller Eis.

„Ich werde so vorsichtig wie möglich sein, aber du hast dir die Haut nicht verletzt, also müssen wir die innere Blutung stoppen."

Wieder nickte er.

„Wo stehst du in der Hackordnung?" Owen hielt den mit einem Lappen gefüllten Beutel mit Eis behutsam zwischen seinen und ihren Händen.

„Du meinst die Geburtsreihenfolge?" Sie lächelte über seine Wortwahl.

Owen nickte. Sein gesunder Daumen rieb langsam über eine freiliegende Hautpartie an der Basis ihrer Handfläche.

„Ich bin das jüngste Mädchen. Meine Schwestern sind die beiden Ältesten, dann kam ich, dann die sechs Jungs. Und du?"

„Vorletzter. Pax ist drei Minuten älter als ich, und Neil ist der Jüngste."

Sie wollte nichts sagen, aber die zärtliche Art, wie er beruhigende Kreise an der Basis ihres Daumens malte, tat ihrer Seele so gut, wie es kein Eis der Welt jemals für seinen Daumen tun könnte. „Wenn ich es nicht besser wüsste, hätte ich vermutet, du wärst der Älteste."

„Wirklich?" Er lächelte. „Wie kommst du darauf?"

Sie wollte nicht sagen, dass er verdammt herrisch war, weshalb sie nur mit den Schultern zuckte. Als er sich wegen der Bewegung, die ihr Achselzucken verursacht hatte, leicht verkrampfte, warf sie ihm einen Tut-mir-leid-Gesichtsausdruck zu.

„Wie kommst du darauf?", wiederholte er.

„Ein *egal* wirst du wohl nicht gelten lassen, oder?"

Er schüttelte den Kopf. „Ich fürchte, nicht."

„Nun, du bist sehr wählerisch, selbstbewusst und kannst gut mit Geld umgehen. Oft Charaktereigenschaften eines Erstgeborenen."

„Ich nehme an, selbstbewusst und wählerisch sind keine Synonyme für herrisch und fordernd?" Er verkniff sich ein Lächeln, damit sie zumindest wusste, dass er nicht böse auf sie war.

„Vielleicht ein bisschen."

„So bin ich nicht, weißt du. Herrisch und fordernd. Es ist nur so, dass es mein Job ist, das Geld unserer Kunden zu verwalten. Das nehme ich ernst."

„Hier bitte." Neil kam eilig herein und reichte Connie ein kleines weißes Glas mit einem grünen Etikett, das schon bessere Tage gesehen hatte.

„Danke." Sie löste eine Hand, nahm das Glas entgegen und drehte sich zu ihm um. „Ich werde das gleich aufschrauben. Halte deine Hand hoch – es tut nicht so weh, wenn du sie über deinem Herzen hältst."

Er lächelte sie an. Der Mann wusste wahrscheinlich mehr über die Versorgung kleiner Wunden als sie. Schließlich war es seine Salbe.

„Brauchst du noch etwas?", fragte Neil.

Connie schüttelte den Kopf. „Nein. Wir sind versorgt."

„Dann machen wir uns wieder an die Arbeit. Ruft mich, wenn ihr etwas braucht." Alle Brüder kehrten auf die gegenüberliegende Seite des großen Gebäudes zurück und nahmen ihre zugewiesenen Aufgaben wieder auf.

„Ich werde so sanft wie möglich sein. Wofür genau ist das?"

„Diese Salbe verhindert, dass ich einen schlimmen Bluterguss bekomme. Ich weiß nicht mehr, wie sie heißt, aber wir haben sie jahrelang bei den Rindern angewendet, bevor wir herausfanden, wie gut sie gegen Blutergüsse hilft. Mom hat sie immer nur Kuhcreme genannt."

Das brachte sie zum Lachen.

„Nein, sie ist super. Vertrau mir."

Ein paar Sekunden lang, während sich seine Augen fest mit ihren verbanden, glaubte sie wirklich, dass sie diesem Mann alles auf der Welt anvertrauen konnte. „Ja, Sir."

„Nicht Sir, nur Owen."

„Ja, Owen." Sie rieb die Salbe auf seinen Daumen. „Weißt du, ich habe einen Plan."

„Oh", er starrte weiter auf ihre Finger, die die Creme in kreisenden Bewegungen einrieben, „wofür?"

„Für diese Stühle."

Er runzelte verwirrt die Stirn.

„Für das Chez Gerard. Der Mann war unglaublich verärgert, dass die Stühle, die wir ausgesucht hatten, in China hergestellt wurden. *Nicht in meinem Restaurant.* Diese Stimme hätte man bis nach Kalifornien hören können."

„Ich weiß, dass er schwierig sein kann, aber der Mann hat ein Budget und wir müssen uns daran halten."

„Ja. Das weiß ich. Deshalb habe ich immer einen Plan."

Er seufzte tief und nickte. „Weiter."

„Die teuren Stühle, die Gerard ausgesucht hatte, kosten mit dem Standardstoff mehr. Das ist das Angebot, das du gesehen hast."

Er nickte erneut.

„Ich habe es abgelehnt und ließ sie ungepolstert versenden. Indem wir sie hier beziehen lassen, liegt das Ganze nur geringfügig über dem Budget für den Essbereich. Ich konnte ihn außerdem davon überzeugen, dass der Bistrostil ohne die spanischen Leinentischdecken besser zu seinem frischen Kochstil und seinem amerikanischen Publikum passen würde."

Die Falte zwischen seinen Brauen vertiefte sich. „Diese Tischdecken machten einen großen Teil des Budgets aus."

„Das weiß ich auch. Deshalb haben einfache rot karierte Baumwolltischdecken, made in the USA, den Preis für die Stühle fast ausgeglichen."

„Fast?"

„Wir sind siebenhundertfünfzig über dem Budget. Mit ein bisschen Arbeit kann ich es wahrscheinlich noch weiter reduzieren, wenn ich die Accessoires kaufe."

Er nickte. „Und warum hast du mir das nicht früher erzählt?"

„Du hast mir keine Chance gegeben. Ich bin bei einem Nachlassverkauf auf ein paar Stücke für die Bardekoration gestoßen. Das sollte einen gewaltigen Unterschied machen. Harriet übernimmt das jetzt. Du wirst wahrscheinlich bald die endgültige Kostenaufstellung bekommen."

Die Falte in seiner Stirn wurde weicher, aber der harte Ausdruck in seinem Blick war noch immer da. Entweder dachte er über ihre Worte nach oder er rechnete im Kopf zusammen. Ob das gut oder schlecht war, wusste sie nicht.

An manchen Tagen hätte Owen sich selbst in den Hintern treten können. Oftmals trieb er seine Kollegen genauso hart an wie seine Brüder. Dies war einer dieser Momente gewesen, in denen er einfach einen Schritt zurücktreten, tief durchatmen und der Frau die Chance hätte geben sollen, zu erklären, was sie vorhatte. Er erinnerte sich genau daran, dass er ihr mehr als einmal ins Wort gefallen war und sich mit der Aussage, dass die Zahlen nicht lügen würden, auf die Angebote versteift hatte, die ihm Schwarz auf Weiß vorlagen. Wenn er ehrlich zu sich selbst war, hatte ihn vor allem geärgert, dass sie das Vertrauensverhältnis untergraben hatte, das er mit dem Restaurantbesitzer aufgebaut hatte, und dieser sich nun weigerte, von seinen das Budget sprengenden importierten Stühlen abzusehen, die, wie sich herausstellte, das Budget doch nicht sprengen würden.

„Es tut mir leid. Ich hätte besser zuhören sollen."

Die Art, wie sich ihre Augen vor Überraschung weiteten, traf ihn fast so hart wie die Erkenntnis, dass er unfair zu ihr gewesen war. Es schien, als hätte sie nicht damit gerechnet, dass er bereit war, sich zu entschuldigen, wenn er unrecht hatte.

„Ist es so schwer zu glauben, dass ich mich ent-schuldige, wenn ich im Unrecht bin?"

Sie blinzelte und schüttelte den Kopf. „Nein. Ich hätte nur nicht gedacht, dass es so einfach ist, es zu erklären."

Das nächste Mal musste er daran denken, ihr zuzuhören, bevor er voreilige Schlüsse zog. Er hätte erkennen müssen, dass sie eine Lösung hatte. Obwohl sie bei Projekten häufig dazu neigte, das Budget zu überschreiten, fand sie normalerweise einen Weg, am Ende die Kosten größtenteils auszugleichen, wenn nicht sogar ganz. Es war das Chaos zwischendurch, das ihm Sodbrennen bereitete. Er sollte nicht annehmen, dass sie das überzogene Budget nicht ausgleichen könnte, nur weil es so hoch war, denn sie hatte es in der Vergangenheit schon oft getan. „Wenn ich verspreche, immer unvoreingenommen zu bleiben und keine voreiligen Schlüsse bezüglich Budgetüberschreitungen und negativer Zahlen zu ziehen, wirst du mir dann verzeihen?"

Ihr Kopf hüpfte wie eine alte Hula-Puppe auf dem Armaturenbrett eines Oldtimers hin und her und Erleichterung überkam ihn.

Als sie schließlich aufhörte, seinen gequetschten Daumen zu reiben und losließ, verspürte er plötzlich ein Gefühl des Bedauerns.

„Willst du jetzt versuchen, deinen Daumen zu beugen?"

Er stieß einen tiefen Seufzer aus. „Nicht wirklich, aber ich werde es tun." Er hielt seine Hand vor ihr Gesicht und wartete länger, als ihr lieb war, bevor er ihn schließlich den Bruchteil eines Zentimeters bewegte.

„Wie fühlt sich das an?"

Er beugte ihn weiter, soweit die Schwellung es zuließ. „Nicht toll, aber ich glaube nicht, dass er gebrochen ist."

Sie reichte ihm die Salbe.

„Danke. Ich werde sie in den nächsten vierundzwanzig Stunden immer wieder auftragen. Sie hilft auch bei Blutgerinnseln."

Sie zog eine Augenbraue hoch.

„Das passiert. Das Blut gerinnt. Ein Partikel löst sich und verursacht dann eine Blockade an einer wichtigen Stelle wie deinem Herzen oder deiner Lunge."

„Klingt nach einem schlauen Plan, aber ich glaube, mein Beitrag für heute Abend ist geleistet."

„Lass mich dir beim Einpacken helfen."

„Unsinn." Sie schüttelte den Kopf. „Du hast eine verletzte Hand."

„Daumen." Es wäre nicht die erste oder letzte leichte Verletzung, die er sich auf einer Baustelle zuzog. „Und ich kann trotzdem helfen."

„Wenn du darauf bestehst." Ihr Tonfall beinhaltete mehr Zweifel als ihre Worte.

Er schaffte es, ihren Hammer in die Tasche zu werfen, zuckte aber zusammen, als er nach ihrem Werkzeuggürtel griff.

„Lass das lieber mich machen. Ich habe zwei gute Daumen."

Zu jedem anderen Zeitpunkt hätte er ihren Kommentar als schroff und tadelnd empfunden, aber dieses Mal hatte sie ein Funkeln in den Augen, das ihm sagte, dass sie genauso gut hänseln konnte, wie seine Brüder.

Sie zog einen Schlüsselbund aus einer Seitentasche. „Ich bin fertig. Ich schätze, wir sehen uns morgen."

„Morgen."

Sie hatte sich langsam umgedreht, sich von seinen Brüdern verabschiedet und war in Richtung Hauptstraße gegangen.

„Ach übrigens." Er trottete zu ihr hinüber.

„Ja?"

„Morgen?", wiederholte er.

„So Gott will." Sie lächelte einen langen Moment, drehte sich um und ging weg.

Ja, Miss Connie Swenson hatte definitiv eine sanftere, gelassenere Seite. Er behielt ihren Rücken im Blick, als sie das Gebäude verließ und die Straße überquerte, bis sie außer Sichtweite war. Morgen konnte nicht früh genug kommen.

KAPITEL ELF

Stiefelabsätze klapperten auf der Treppe und Connie wusste, dass Megs Ehemann Adam herunterkam, um sich zu ihnen zu gesellen, bevor er in die Praxis ging. „Morgen."

Eines der Dinge, die Connie am Aufenthalt im Bed-and-Breakfast liebte, war die morgendliche Begrüßung. Jeden Tag, ohne Ausnahme, zog Adam seine Frau für einen Guten-Morgen-Kuss an sich, der gerade heiß genug war, um Connie erröten zu lassen, aber noch keusch genug, um öffentlich gezeigt zu werden. Sie hatte keine Ahnung, wie zwei Menschen, die von Leben und Realität umschattet wurden, es schafften, so verliebt zu bleiben.

„Daddy." Ihre kleine Tochter schlang ihre Arme um die Beine ihres Vaters und das Morgenritual verlagerte sich von der Frau auf die Tochter.

Das Grinsen auf Adams Gesicht und die Liebe, die für sein kleines Mädchen in seinen Augen funkelte, reichten aus, um Connie für den Rest des Tages zum Lächeln zu bringen.

„Ich werde heute Abend spät nach Hause kommen." Adam hob seine Tochter in seine Arme. „Die Aufräumarbeiten für das Palooza laufen nicht so reibungslos, wie alle gehofft hatten. Sie brauchen zusätzliche Hände und zusätzliches Material, also werde ich heute Abend wahrscheinlich auf der Ranch sein, um beim Holzsammeln zu helfen."

„Holz?", fragte Connie. Gestern Abend schien es mehr als genug Holz gegeben zu haben.

Adam nickte. „Eine Menge der Bretter und Platten sind so morsch, dass sie trotz aller Bemühungen nicht mehr zu retten sind, also werden wir nach Spenden suchen, bevor wir noch mehr Geld für eine vorübergehende Lösung aufbringen müssen."

„Sprechen wir über die Schmiede?"

„Die und die Ställe. Owen und Quinn haben versucht, eine alte Kutsche zu finden, in der man Fahrten anbieten kann. Falls sie eine finden, muss sie an einem Ort untergebracht werden, der dafür vorgesehen ist."

Sofort begann sie zu grübeln. Innenarchitekten beschafften Güter. Und herauszufinden, wie man das Unmögliche möglich machte, war eine weitere Fähigkeit, die gute Innenarchitekten besaßen. Selbst wenn das bedeutete, dass eine spezielle Innenarchitektin sich dafür kostenlos ins Zeug legen musste. „Gibt es auf der Ranch genug Holz?"

„Das bezweifle ich. Aber Dad hält nichts von Verschwendung, also muss es wenigsten ein bisschen geeignetes altes Holz geben."

„Verstanden."

„Okay. Ich bin dann mal weg." Adam küsste seine Tochter auf die Schläfe, setzte sie ab und gab seiner Frau einen etwas keuscheren Kuss auf die Wange.

Meg hielt die Kaffeekanne hoch. „Noch eine Tasse?"

„Nein, danke. Ich muss ein paar Telefonate führen. Ein paar Dinge erledigen. Ich gehe kurz in mein Zimmer und fahre heute etwas später zur Baustelle. Vielleicht nach dem Mittagessen."

Zwanzig Minuten später hatte sie es sich in ihrem Zimmer gemütlich gemacht. Ihr Laptop stand vor ihr und die gewünschte Telefonnummer wurde auf dem Bildschirm angezeigt. Wenn ihre Idee Früchte trug, konnte sie vielleicht doch beim Palooza helfen. Ihr Handy war auf Freisprechen gestellt. Während es klingelte, warf sie einen Blick auf das Kostüm aus dem neunzehnten Jahrhundert, das an der Schranktür hing. Die Erinnerung an die Kunden, die in der Boutique der Schwestern getanzt hatten, brachte sie zum Lächeln. Ebenso die Erinnerung an den süßen Moment, als sie sich am Abend zuvor um Owens gequetschten Daumen gekümmert hatte. All das ließ sie noch inniger beten, dass ihre Idee funktionierte.

„Sie ist nicht hier. Immer noch nicht."

Owen warf seinem Bruder Quinn einen Blick über die Schulter zu. „Wer?"

Quinn verdrehte die Augen, schüttelte den Kopf und schaltete den dröhnenden Kompressor aus, mit dem er die Lobby mit Strukturputz besprüht hatte. „Mutter Theresa. Wen, glaubst du, meine ich wohl? Die einzige Person, die das Büro des Managers benutzt hat. Connie."

Für den Bruchteil einer Sekunde überlegte er, ob er abstreiten sollte, dass er zum dritten Mal an diesem Morgen im Büro des Managers nachsehen wollte, ob er Connie bei der Arbeit antreffen könnte. „Ich habe mich nur gefragt, wie sie mit ihren Plänen vorankommt."

Erneut den Kopf schüttelnd beugte sich sein Bruder vor, schaltete das laute Gerät wieder ein und murmelte über die Schulter: „Sicher hast du das."

Er konnte seine Neugier oder seine Besorgnis nicht länger unterdrücken, holte sein Handy heraus und wählte die Nummer des Bed-and-Breakfasts.

Nach dem dritten Klingeln antwortete Meg. „Hallo."

„Hey. Wie läuft dein Morgen?"

„Gut. Adam hat mir erzählt, dass ihr in der Geister-stadt auf ein Problem gestoßen seid."

„Wir werden eine Lösung finden."

„Wenn ich eines gelernt habe, dann ist es, Vertrau-en in die Farradays zu haben. Ihr seid alle lebende Beispiele für: *wo ein Wille ist, ist auch ein Weg*."

Da würde er ihr nicht widersprechen. Sogar sein Bruder Quinn, der eine etwas pragmatischere Einstellung besaß und stark zum Sarkasmus neigte, fand immer eine Lösung für ein Problem. Was auch immer besagtes Problem war und egal, wie viel Mühen oder Opfer diese Lösung erforderte. „Da werde ich dir nicht widersprechen. Hör zu, weißt du, ob Connie in der Stadt ist oder auf dem Weg hierher?"

„Sie ist oben in ihrem Zimmer. Sie sagte, sie hätte ein paar Telefonate für die Arbeit zu erledigen. Stimmt etwas nicht? Soll ich sie holen?"

„Nein. Nichts Wichtiges. Es kann warten."

„Also gut, wir sehen uns später."

„Bis dann. Und gib deiner Liebsten einen Kuss von ihrem Onkel Owen."

Megs Lächeln war fast durch das Telefon zu hören. „Wird gemacht."

Er legte auf und überlegte, ob er Connie unterbre-chen und anrufen sollte. Da er nicht zu aufdringlich wirken wollte, aber auch nicht so, dass sie dachte, er wäre nicht besorgt, verfasste er eine kurze Nachricht. *Wie läuft dein Tag?*

Schweigend stand er im leeren Büro und starrte auf sein Telefon, unnötig erfreut, als der Nachrichtenalarm ertönte.

Super, danke.

Gut. Ich muss ein paar Besorgungen im Baumarkt machen. Hast du Zeit zum Mittagessen?

Sicher.

Ich hole dich um zwölf ab. Passt das? Er warf einen Blick auf die Uhr. Ihm blieb noch genügend Zeit, seine Sachen zu packen und nach Tuckers Bluff zurückzukehren.

Passt. Bis dann.

Er steckte sein Telefon wieder in die Tasche und überlegte schnell, woran sie arbeiteten und welche Materialien sie aus dem Baumarkt brauchen würden.

„Da bist du ja." Morgan kam ins Büro. „Ich habe überall nach dir gesucht."

„Sorry. Ich musste telefonieren und das ist der ruhigste Ort im Gebäude, den ich finden konnte." Das war nicht unbedingt der wahre Grund, aus dem er hier war, aber es war auch keine Lüge. Im ganzen Hotel brummte es vom Baulärm. „Was ist los?"

„Valerie hat gerade eine Telefonkonferenz mit dem ausführenden Produzenten und einigen großen Nummern vom Sender beendet."

„Und …"

„Das wissen wir nicht."

„Wie bitte?"

„Sie sagte, sie hatte während des gesamten Meetings ein flaues Gefühl im Magen."

„Vielleicht hat sie nur etwas Falsches gegessen."

„Nicht diese Art von flauem Gefühl. Sie hat lange genug mit diesen Leuten gearbeitet, um zu spüren, dass etwas nicht stimmt, aber niemand ist direkt damit herausgerückt oder hat etwas gesagt. Abgesehen davon, dass ein oder zwei von ihnen nächste Woche hierherfliegen, um den Fortschritt zu überprüfen."

Owen gefiel das überhaupt nicht. „Ist so etwas normal?"

„Du meinst, dass Manager eines Senders zu einem Produktionsstandort in einem anderen Staat fliegen? Nein. Deshalb ist Valerie besorgt und deshalb warne ich alle vor. Wir müssen so viel wie möglich hiervon vor dem Zeitplan erledigen. Was auch immer los ist, wir sollten es im Keim ersticken."

„Ich hoffe Valerie irrt sich."

„Ich befürchte nicht." Morgan schüttelte den Kopf und drehte sich zur Tür um, bevor er wieder zu seinem Bruder blickte. „Wenn ich etwas Neues von Valerie höre, werde ich es dich wissen lassen."

„Verstanden. Zu deiner Information, ich fahre in die Stadt. Brauchst du etwas aus dem Baumarkt?"

Morgan schüttelte den Kopf. „Nein. Ich habe alles."

Owen warf einen Blick auf seine Uhr und stellte fest, dass er gerade noch genug Zeit hatte, um Connie wie versprochen um zwölf Uhr abzuholen. Er bahnte sich seinen Weg durch den Hindernisparcours aus Arbeitern und Werkzeug, warf seinen Werkzeuggürtel auf die Ladefläche seines Trucks und winkte dem Filmteam zu, bevor er aus seiner Parklücke fuhr und in Richtung Tuckers Bluff aufbrach. Gott sei Dank stand er an diesem Nachmittag nicht auf dem Drehplan.

Ein paar Telefonate später, darunter eines mit seinem Onkel Sean, der bereits in der alten Scheune war und nachsah, wie viel Holz sie entbehren konnten, hielt er vor dem Bed-and-Breakfast an. Drinnen fand er Connie an der Kücheninsel, wo sie mit Meg plauderte und mit Fiona spielte. Das kleine Mädchen schien völlig fasziniert von der Geschichte zu sein, die Connie ihr erzählte.

„Hallo, Ladies."

„Hi." Connie tätschelte das Bein des kleinen Mädchens und stand auf. „Meine Handtasche ist neben der Haustür. Ich bin bereit, wann immer du es bist."

„Großartig. Wie denkst du über Corned Beef?"

„Ich liebe es."

„Dann gehen wir zum Mittagessen ins Pub. Jamison serviert heute Abend Corned Beef und Kohl, und wir haben das Freunde-und-Familie-Privileg im Pub zu Mittag zu essen, obwohl er erst heute Abend öffnet.“

„Hört sich gut an.“

Ein Winken, eine schnelle Verabschiedung und ein paar Minuten später standen sie vor dem altmodischen Pub.

„Oh, das ist süß.“ Connie trat ein und musterte jeden Winkel des Lokals.

„Jamie hat viel Herzblut in den Laden gesteckt, um unsere irischen Vorfahren zu ehren.“ Er winkte seinem Cousin zu und begleitete Connie zu einer Sitznische an der gegenüberliegenden Wand. Über ihnen waren die sanften Klänge von Yacht Rock zu hören.

„Hat die seltsame Schreibweise von Farraday auch etwas damit zu tun?“

Er nickte. „O’Fearadaigh ist die ursprüngliche Schreibweise unseres Familiennamens. Unser Ururgroßvater Seamus Xavier O’Fearadaigh kam aus der Grafschaft Donegal hierher. So wie ich es verstehe, hat der Beamte bei der Ankunft auf Ellis Island die Schreibweise des Namens, wie bei so vielen anderen Einwanderern damals, anglisiert. Seitdem sind wir gewöhnliche Farradays.“

„Es muss toll sein, so viel über deine Vorfahren zu wissen. Mein Vater sagt, wir sind wahrscheinlich schon ewig in diesem Land, und da der Familienname Swenson schwedisch ist, nimmt er an, dass wir schwedischer Abstammung sind. Aber soweit wir wissen, hatten unsere Vorfahren einen seltsamen Namen wie Swensonovich oder Svenisky, und wie bei deinen Vorfahren wurde der Name in etwas geändert, das für die Einwanderungsbeamten vertrauter und leichter zu buchstabieren war.“

Er kicherte und schwenkte seine Hand in einer Wer-weiß-Geste.

Jamie kam mit zwei Gläsern Wasser herüber. „Um

diese Uhrzeit gibt es keine Bedienung, also müsst ihr euch mit mir zufriedengeben. Ihr habt zwei Möglichkeiten: Corned Beef und Kohl oder Reuben-Sandwich. Was darf es sein?"

„Ich nehme mein Corned Beef pur, bitte." Connie lächelte.

Sein Cousin kicherte ernsthaft wegen ihrer Antwort. „Sehr gut. Dafür bekommst du vielleicht eine Extraportion."

„Hey, was ist mit mir? Ich mag mein Corned Beef auch pur, aber mit einem Schuss Kohl."

Jamie zuckte mit den Schultern und grinste Owen an, während er mit dem Daumen in Richtung Connie zeigte. „Sie hat es zuerst gesagt. Ich bin gleich wieder da."

„Ich mag ihn." Connie lehnte sich zurück. „Eigentlich mag ich alle deine Cousins."

„Zum Glück mag ich sie auch." Für den Bruchteil einer Sekunde wanderten seine Gedanken zu all dem Spaß, den sie als Kinder gehabt hatten, wenn sie im Sommer oder in den Schulferien die Ranch besuchten, und was für eine Lücke es in ihrem Leben hinterlassen hatte, als ihre Mutter ihnen sagte, dass sie nicht mehr willkommen waren.

„Hey, warum der deprimierte Blick? Geht es um das Holzproblem, das Adam heute Morgen erwähnt hat?"

Er schüttelte den Kopf. „Ich wollte nicht deprimiert aussehen."

In diesem Moment wechselte die sanfte Musik zu einem vertrauten Glenn Miller-Song und Connies Augen leuchteten auf. „Oh wow, das Lied hört man nicht sehr oft."

„Es gefällt dir?"

„Ich liebe es. *In the Mood* ist einer meiner Lieblingssongs. Erinnert mich immer an meinen Onkel Ray."

„War er Musiker oder einfach nur Musikliebhaber?"

„Ich schätze, er war ein Musikliebhaber, aber mehr noch war er ein großartiger Tänzer. Er hat mir mit sechs den Twist und mit zwölf den Lindy Hop beigebracht. Es gab kein Familientreffen, bei dem nicht die Musik anging und Onkel Ray aufstand, um zu tanzen."

„Klingt nach einem lustigen Onkel."

„Das war er. Ich habe es geliebt, mit ihm zu tanzen. Bei der Hochzeit meiner Schwester war er einundneunzig und hat mit jeder Frau im Lokal getanzt. Aber ich war die Einzige, die mit ihm Lindy tanzen konnte. Meine Schwestern haben beide zwei linke Füße."

„Klingt nach Paxton. Auf der Tanzfläche sieht der arme Kerl aus wie der Blechmann aus *Der Zauberer von Oz*, bevor er richtig geölt wurde."

Sie lachte leise. „So schlimm?"

„Leider ja. Manchmal, wenn er in Hochform ist, müssen die anderen Leute ihm aus dem Weg gehen, weil sie Angst haben, dass ein Arm oder Bein in ihre Richtung fliegen könnte und sie K.O. schlägt."

„Klingt, als würden meine Schwestern im Vergleich zu ihm wie Meistertänzerinnen aussehen."

„Das würde mich nicht überraschen. Ich nehme an, dein Onkel ist schon gestorben?"

„Vor Jahren. Ich vermisse es wirklich, mit ihm zu tanzen. Die meisten Männer in meinem Alter können sich nur noch von einer Seite auf die andere wiegen. Verdammt, nicht viele Männer im Alter meiner Eltern können überhaupt Swing tanzen. Aber ich schweife ab." Sie schlug sanft mit den Handflächen auf den Tisch. „Wie läuft es mit dem Holzproblem?"

„Bisher gar nicht."

„Gut."

„Gut?" Überhaupt nicht die Antwort, die er erwartet hatte – geschweige denn, verstand.

„Egal. Ich wollte damit sagen, ich glaube, ich habe eine Lösung."

„Ich bin ganz Ohr." Er hatte seine Lektion bereits gelernt, was Connie und Zuhören anging. Die Frau hatte mehr Geschäftssinn, als er ihr ursprünglich zugetraut hatte.

„Erinnerst du dich an die alte Henson-Farm?"

Er musste eine Minute nachdenken, bevor es ihm einfiel. „Die an der Route Five, die vermutlich so alt ist wie Oklahoma selbst?"

„Genau die. Als Kinder hingen wir im Sommer immer in dieser verfallenen alten Scheune herum und erzählten uns Geistergeschichten."

„Ich bin überrascht, dass das Ding nicht über euch eingestürzt ist." Sobald die letzten Worte über seine Lippen gekommen waren, kam ihm in den Sinn, an was sie dachte. „Ich wette, diese Scheune ist so alt wie die Gebäude in Sadieville."

„Genau das habe ich mir auch gedacht."

„Und Mr. Henson wäre wahrscheinlich bereit, etwas von dem Holz für einen Spottpreis zu verkaufen."

„Eigentlich", sie grinste wie eine Katze mit einem Bauch voller Sahne, „für weniger als einen Spottpreis."

„Wie bitte?"

„Ich habe mir heute Morgen die Freiheit genommen, ihn aufzuspüren. Nur für den Fall."

„Und?" Ihm gefiel, wohin das führte.

„Anscheinend bereitet er sich auf den Verkauf des Grundstücks vor, und sein Makler hat ihm gesagt, dass er durch den Abriss der Scheune einen besseren Preis erzielen würde. Er sagt, wenn ihr das Ding abbaut und das Holz abtransportiert, könnt ihr es umsonst haben."

Wenn er auch nur im Geringsten glaubte, damit durchkommen zu können, würde er sich zu ihr beugen und sie küssen. „Das sind großartige Neuigkeiten.“ Zumindest wären sie das, wenn nicht seine ganze Familie hier in Texas arbeiten würde. Andererseits, sein Vater war nicht hier. Wie standen die Chancen, seinen Vater dazu überreden zu können, sich seiner Mutter zu widersetzen und auf das Land zurückzukehren, das er vor so langer Zeit verlassen hatte?

KAPITEL ZWÖLF

„Tief durchatmen." Eileen richtete sich auf, hob ihre flache Hand vor sich vom Bauch zum Kinn und demonstrierte, wie man tief ein- und ausatmete.

Als pflichtbewusste Nichte tat Valerie, was die Tante ihres Mannes ihr befahl.

„So. Fühlst du dich nicht besser?"

„Nicht wirklich."

Eileen stieß einen Seufzer aus.

„Wollt ihr beide Karten spielen oder meditieren?" Ruth Ann klopfte mit ihren zusammengefalteten Karten auf den Tisch.

„Du weißt, dass ich nicht meditiere." Eileen warf einen Chip in die Mitte des Tisches. „Ich bin dabei."

Valerie warf einen Blick auf ihre Karten, schüttelte den Kopf und warf ebenfalls einen Chip in den Pot.

„Okay." Sally May legte ihren Einsatz dazu, blickte über den Rand ihrer Karten und starrte Valerie an. „Erklär mir noch mal, warum du so angespannt bist?"

Valerie zog vorsichtig zwei Karten aus ihrer Hand, legte sie auf den Tisch, stieß einen kurzen Atemzug aus und lehnte sich in ihrem Sitz zurück. „In all den Jahren, die ich in diesem Geschäft bin, ist noch nie ein Manager, ein Sponsor oder der Chef einer Produktionsfirma zu uns gekommen, wenn wir eine Serie gedreht haben."

„So viel verstehe ich", Barbara, ein weiteres

Mitglied des Tuckers Bluff Ladies Clubs, legte drei Karten vor sich. „Was ich nicht verstehe, ist, warum das so ein Problem ist?"

„Es ist ein Problem, weil mir kein guter Grund dafür einfällt."

„Nun", Sally May faltete ihre Karten vor sich zusammen, „ich nehme an, das Schlimmste, was passieren kann, ist, dass die Show abgesetzt wird. Aber ist schon einmal eine deiner Shows abgesetzt worden?"

„Es gibt keinen Produzenten auf der Welt, dem nicht irgendwann in seiner Karriere eine Show unter den Füßen weggezogen wurde. Ich bin da keine Ausnahme."

„Und", fuhr Sally May fort, „sind sie zu deren Drehorten geflogen, um sie zu feuern?"

„Natürlich nicht."

„Ich verstehe, worauf sie hinaus will." Ruth Ann drehte ihre Karten um. „Wenn das Schlimmste, was passieren könnte, ist, dass sie die Show absetzen, warum sollten sie dann den ganzen Weg hierher fliegen, um dir das zu sagen?"

„Ich muss ihnen zustimmen, die Logik ergibt Sinn." Eileen zuckte mit den Schultern.

„Ich weiß." Valerie nickte. „Mein Verstand sieht die Logik, aber mein Bauchgefühl stimmt dem nicht zu. Ich kann einfach nicht verstehen, warum sie kommen."

Barbara zuckte mit den Schultern. „Dann hör auf, es zu versuchen."

„Leichter gesagt als getan." Valerie ordnete die Karten in ihrer Hand neu.

„Wann kommen sie?"

„Sie werden Mittwoch hier sein."

„Oh, ist da nicht die Generalprobe für das Palooza?", fragte Barbara.

„Das ist kein Theaterstück. Das wird nicht Generalprobe genannt." Sally May schüttelte den Kopf.

Barbara starrte ihre langjährige Freundin wütend an. „Wie würdest du es dann nennen?"

„Eher Trockenübung." Sally May zuckte mit den Schultern.

„Oh, Gott." Valerie kniff die Augen zusammen. „Das hatte ich vergessen. Sie waren schon nicht glücklich darüber, dass das Palooza in dem Filmmaterial erwähnt wurde, das ich ihnen geschickt habe."

„Ich bin sicher, alles wird gut." Eileen tat ihr Bestes, um dieses ermutigende Lächeln aufzusetzen, das die Kinder immer beruhigt hatte, wenn etwas ihre Welt auf den Kopf gestellt hatte.

„Ich hoffe wirklich, dass du recht hast." Valerie schielte auf ihre Karten, spielte mit ihren Chips herum und warf weitere in den Pot. „Ich bin mit fünf dabei."

„Bei dir sitzt das Geld aber locker", neckte Barbara.

Ein Chor aus *Ich gehe mit* umkreiste den Tisch.

„Seht und weint." Valerie deckte ein Full House mit Assen auf.

„Siehst du?" Eileen warf ihre Karten auf den Stapel. „Es geht schon bergauf."

„Und … Cut." Der Regisseur zeigte der Crew einen Daumen nach oben. „Gut gemacht, wie immer. Ich glaube, das wird eine genauso überraschende Renovierung wie die des Gehöfts."

Owen musste zugeben, dass der Umbau des Hotels immer besser voranging. Mit dem Anbau des Penthouses waren sie sogar vor dem Zeitplan. In weniger als einer Woche war der Rahmen fertiggestellt und die Wasserleitungen verlegt worden und heute wurde das Dach eingedeckt.

„Hast du etwas von Dad gehört?" Paxton wischte sich den Baustaub von den Händen und blieb neben seinem Bruder stehen.

„Vor kurzem." Nachdem er mit Mr. Henson bezüglich des alten Holzes der Scheune gesprochen hatte, hatte Owen eine Nacht über seine Optionen schlafen müssen. Als er dann sicher gewesen war, dass es die einfachste und kostengünstigste Lösung war, seinen Vater den mit Holz gefüllten Anhänger nach Texas fahren zu lassen, hatte er sich mit seinen Brüdern zusammengesetzt, um ihre Meinung zu hören. Am Ende waren sich alle einig gewesen, dass es einen Versuch wert war, weshalb Owen seinen Vater angerufen und ihm die Situation geschildert hatte.

„Das Verrückte ist", schüttelte Paxton den Kopf, „dass das nicht so schwierig sein sollte. Die Familie sollte ohne dieses Drama kommen und gehen können."

„Stimmt, sollte es nicht. Die gute Nachricht ist, dass Dad sofort dabei war, als er hörte, dass es um benachteiligte Kinder und Pflegekinder geht. Er ist jetzt bei Henson und fängt alleine an. Unsere anderen Arbeitstrupps werden je nach Verfügbarkeit helfen."

„Das ist ein großes Projekt, das Dad da alleine beginnt."

„Zum Glück ist von der alten Scheune nicht mehr viel übrig. Dad kann also vieles alleine erledigen."

„Ich weiß, dass ich das bereuen werde, aber was ist mit Mom?"

Jedes Mal, wenn Owens Telefon klingelte oder eine SMS eintraf, erwartete er, seine Mutter am anderen Ende der Leitung bellen zu hören. Es war schlimm genug, dass sie ständig anrief und ihn und seine Geschwister drängte, sich zu beeilen und nach Hause zu kommen, mehr Projekte in Oklahoma anzunehmen und sie öfter anzurufen. Die Tatsache, dass sie acht Stunden am Tag arbeiteten, schien ihre Erwartungen nicht zu schmälern. Als Morgan und Valerie heirateten und sie herausfand, dass sie wegen ihrer Jobs mehr Zeit in Texas als in Oklahoma verbringen würden, hatte sie noch mehr Gründe, sie mit Telefonaten zu bombardieren. Der eigentliche Knaller kam, als Neil ihrer Mutter und ihrem Vater erzählte, dass er Nora einen Heiratsantrag machen wollte. Nicht, dass der Heiratsantrag ein Problem gewesen wäre. Es war die Tatsache, dass sie aus Texas stammte und beide nicht die Absicht hatten, nach Oklahoma zu ziehen, die ihre Mutter wegen des Verlusts eines weiteren Sohnes hatte in Tränen ausbrechen lassen. Als Neil dann verlauten ließ, dass Nora in Tuckers Bluff lebte, war sie nicht mehr zu beruhigen gewesen. Seine Mutter hatte ihm seitdem so oft Nachrichten geschickt oder ihn angerufen, dass er sich nicht mehr auf die Arbeit konzentrieren konnte.

Nachdem sein Vater ihm mitgeteilt hatte, dass er die lange Fahrt auf sich nehmen würde, um den Anhänger abzuliefern, erwartete Owen, dass seine Mutter sein Telefon wieder zum Glühen bringen würde.

„Bisher habe ich nichts von ihr gehört. Ich weiß nicht, ob Dad es ihr schon gesagt hat oder ob er ihr einfach verschweigt, wohin er das Holz bringt."

Paxton nickte. „Weiß Onkel Sean, dass Dad kommt?"

„Noch nicht. Aber er hat immer gesagt, dass Mom und Dad jederzeit willkommen sind, also wird das hoffentlich kein Problem sein."

„Tante Eileen wird sich wahrscheinlich riesig freuen."

„Das wird sie." Seine Tante und seine Mutter waren das absolute Gegenteil, wenn es darum ging, ihre Brut zusammenzuhalten. Tante Eileen tat dies mit gutem Essen, viel Liebe und der typischen Südstaaten-

Überzeugungskraft. Seine Mutter hingegen hatte wohl nie das alte Sprichwort gehört, dass man mit Speck Mäuse fing.

„Ich werde nachsehen, wie es unten läuft."

Paxton verdrehte die Augen und grinste seinen Bruder wissend an. „Ja, warum machst du das nicht? Such dir unten etwas, dem du nachlaufen kannst."

Da schon fast Feierabend war und sie nicht mehr am Stall oder an der Schmiede arbeiten konnten, bis das Altholz eintraf, hoffte er, Connie überreden zu können, mit ihm zu Abend zu essen. Das war das Mindeste, was er tun konnte, um ihr für die Rettung zu danken. Es überraschte ihn immer noch, dass seine Innenarchitektin, die immer über dem Budget lag, diejenige war, die eine überaus kostengünstige Lösung gefunden hatte. Die Frau war unglaublich.

Er eilte die letzten Stufen hinunter und war in Gedanken versunken, während er über die Überraschung nachdachte, die er ihr beim Essen machen wollte, als das Geräusch von Kichern seine Aufmerksamkeit erregte. Er hatte erwartet, Connie im Büro des Managers zu finden, aber nicht damit gerechnet, von dort mehrere Frauenstimmen zu hören. Er näherte sich langsam dem Büro und stieß die angelehnte Tür ganz auf. Blinzelnd blickte er von einem Stuhl zum anderen. *Was zum Teufel?*

„Für teure Baumwolle ist das hier ganz schön kratzig." Molly, die Besitzerin des Foodtrucks, riss sich das Laken von den nackten Schultern und warf es auf einen Haufen auf dem Boden.

„Deshalb mussten wir das machen. Könnt ihr euch vorstellen, auf so etwas zu schlafen?"

Molly zuckte zusammen, gerade als Connie hörte, dass sich ein Mann räusperte.

„Ist das kein guter Zeitpunkt?"

Catherine Farraday kicherte. „Zieh dein Hemd aus und mach mit."

Wenn Connie doch nur ihr Handy zur Hand hätte, um ein Foto von Owens schockiertem Gesichtsausdruck zu machen. „Wir testen Laken."

„Sehe ich", sagte er langsam.

Jahrelange Arbeit für die verschiedensten Kunden hatte sie gelehrt, dass man auf jedes Detail achten musste. Das Letzte, was sie brauchte, war, ein kleines Vermögen für Laken auszugeben, die nicht den Standards des neuen Luxushotels der Geisterstadt entsprechen würden.

Anstatt den ganzen Tag oder länger damit zu verbringen, die Laken allein zu testen, hatte Connie ein paar andere Frauen zusammengetrommelt, um ihr zu helfen. Nicht, dass Männer nicht auch hätten helfen können, aber Frauen neigten dazu, empfänglicher für das Gefühl verschiedener Arten von Stoffen zu sein. Also hatten die Frauen sich in altmodische Bauernblusen gekleidet, die ihre Schultern freilegten, und die letzte Stunde damit verbracht, sich mit einem Laken nach dem anderen über Rücken und Schultern zu reiben, als würden sie ihre Haut mit einem Handtuch abtrocknen.

Ein lautes Niesen riss die Aufmerksamkeit aller von dem großen, gutaussehenden Bauarbeiter-Cowboy an der Tür. Sie drehten sich um und sahen, wie Molly erneut nieste und sich dann mit der rechten Hand an der linken Schulter kratzte.

„Alles in Ordnung?", fragte Connie.

Molly schüttelte den Kopf. „Das sind meine Allergien."

„Wogegen bist du allergisch?", fragte Catherine.

„Also …" Sie nieste einmal, zweimal, dreimal, bevor sie sich die Augen rieb und Connie Kopfschüttelnd anblickte. „Ist das hundertprozentige Baumwolle?"

Connie nickte. „Das steht auf dem Etikett. Hundertprozentige ägyptische Baumwolle."

„Ich fürchte nicht. Das Ding enthält Viskose."

„Woher weißt du das?", fragte Owen.

Molly nieste erneut und stand auf. „Ich bin absolut … *hatschi* … allergisch gegen … *hatschi* … Viskose."

„Geh lieber und nimm eine Dusche oder so." Catherine stand neben ihr und blickte auf sie hinab.

„Ich habe Antiallergika in meinem Truck. Ich gehe schnell rüber, nehme ein paar Tabletten und wische mir kurz die Schultern sauber. Ich sollte vor dem Andrang zum *hatschi* … Abendessen wieder … *hatschi* … fit sein."

Catherine griff nach einem Hemd, das über einer Stuhllehne hing, schlüpfte mit den Armen hinein und zog es über die Bauernbluse. „Ich sollte besser zur Ranch zurückfahren, bevor Connor denkt, ich bin mit dem Milchmann durchgebrannt."

„Ha", bellte Connie. „Als ob das jemals passieren würde."

Molly kam vor Catherine aus der Tür, die einen Moment neben Owen stehenblieb, um ihrem Cousin einen Kuss auf die Wange zu geben, und dann Connie zuwinkte.

„Brauchst du bei irgendetwas Hilfe?" Owens Frage war zurückhaltend. Jeder Idiot konnte erkennen, dass er immer noch verblüfft war wegen dem, was er gerade gesehen hatte.

Connie zog ein Button-Down-Hemd über die Bauernbluse. „Nicht wirklich. Aber dein sparsames Ich wird das Geld zu schätzen wissen, das ich dem Budget einspare. Die Laken, die Molly als nicht hundertprozentige Baumwolle identifizierte, waren die teuersten unserer Auswahl an Bettwäsche."

„Vielleicht gelingt es mir noch, einen Geizhals aus dir zu machen." Owen lächelte.

„Ich liebe die Kunst des Handelns schon immer. Aber manchmal habe ich keine Wahl und wir müssen einfach den teureren Weg gehen, um am Ende unser Endziel zu erreichen."

„Verstanden."

„Gut. Also, was führt dich in mein provisorisches Büro?"

„Ich wollte dir für deine Hilfe bei dem Holzproblem danken. Ich hoffe, du hast heute Abend Zeit zum Abendessen?"

„Du musst mir nicht danken, aber nein, ich habe nichts vor." Sie lächelte und tat ihr Bestes, um zu verbergen, wie erfreut sie war.

„Gut, dann folge ich dir zurück in die Stadt, damit du dein Auto abstellen kannst, und dann fahren wir von dort aus los."

„Eigentlich", sie zog ihre Handtasche aus der Schreibtischschublade, „haben mich heute Morgen die Schwestern mitgenommen. Sie hatten vor, den ganzen Tag hier zu sein, um das Handelszentrum aufzufüllen und alles für die Probe am Montag herzurichten."

„Noch besser. Dann können wir schon früher mit dem Abendessen beginnen."

Sie blickte auf ihre Uhr. Erst halb fünf. „Äh, ist das nicht noch ein bisschen früh?"

„Nicht, wenn wir in Butler Springs zu Abend essen."

„Oh." Damit hatte sie nicht gerechnet. „Wir könnten zum Abendessen ins Pub gehen. Wenn ich nach dem Corned Beef gehe, wette ich, dass auch das restliche Essen köstlich sein wird."

„Das ist es, aber ich habe eine Überraschung im Sinn."

„Wirklich?" Sie warf die Tasche über ihre Schulter. „Möchtest du mir einen kleinen Hinweis geben?"

„Nicht wirklich. Aber ich hoffe, du wirst dich freuen." Sein Grinsen war breit und strahlend und erinnerte sie an ein kleines Kind, das seinem kleinen Bruder einen Streich gespielt hatte. Sie hoffte nur, dass sie, wenn alles gesagt und getan war, genauso glücklich sein würde wie er und nicht so aufgebracht wie der kleine Bruder, dem der Streich gespielt worden war.

KAPITEL DREIZEHN

Eines Tages würde Owen sich ein richtiges Auto kaufen. Bevor er Connie überhaupt zum Abendessen eingeladen hatte, hatte er bereits das Innere seines Arbeitstrucks gesäubert. Für gewöhnlich putzte er seine Fahrzeuge nur, wenn er ein Date hatte, und in letzter Zeit kam das nicht so oft vor. Ein zweites komfortableres Auto wäre viel sinnvoller. Wenigstens hatte er eine Stufe, die das Einsteigen erleichterte.

Connie packte den Haltegriff, stieg in die Fahrgastzelle und blickte sich mit fest zusammengepressten Lippen um, nickte und musterte das Innere. „Gute Arbeit."

„Danke." Er schloss die Tür und ging um die Motorhaube herum.

„Für eine Sekunde dachte ich, ich säße im falschen Auto."

Er zuckte die Achseln. „Ab und zu muss man Ordnung schaffen."

„Richtig." Sie lächelte. „Ordnung. Also, wohin fahren wir?"

„Das kommt darauf an. Magst du lieber Steak, italienisches Essen oder Meeresfrüchte?"

„Ich nehme an, alles davon ist nicht die Antwort, nach der du suchst?"

„Eigentlich", er lächelte sie an, „wollte ich genau das hören, denn ich habe einen Tisch im besten Steakhouse der Stadt reserviert."

„Okay, jetzt habe ich Hunger. Ich liebe ein gutes Rib-Eye."

„Dann erwartet dich ein Leckerbissen. Wir sind im Viehzuchtgebiet von West-Texas und niemand kann ein Steak so grillen wie das Restaurant *Ranch To Table*. Aber nur für den Fall, sie haben auch Meeresfrüchte. Ich empfehle die Crab Cakes. Magst du Key Lime Pie?"

„Ich liebe ihn."

„Dann lass ein bisschen Platz."

„Das musst du mir nicht zweimal sagen. Ich bin dafür bekannt, zuerst den Nachtisch zu essen, nur um sicherzugehen, dass ich nichts verpasse."

Ein tiefes Lachen entkam ihm. „Ich liebe es. Das muss ich probieren."

„Ich mache es, wenn du es machst?" Sie grinste ihn mit einem strahlenden Lächeln an, das ihre Augen vor Freude funkeln ließ.

„Abgemacht."

„Also, erzähl mir." Connie zog an ihrem Sicherheitsgurt und verdrehte sich auf ihrem Sitz, um ihn besser ansehen zu können. „Warst du schon immer gut in Mathe und mit Zahlen?"

Er schüttelte den Kopf. „In der Grundschule habe ich Mathe gehasst. Ich wollte Rodeostar werden. Solange ich die Sekunden auf einem Bronco zählen konnte, und natürlich meine Gewinne, würde ich keine Mathematik brauchen."

Ein verschmitztes Grinsen erschien auf ihrem Gesicht. „Ich wette, du wärst ein toller Rodeochampion geworden."

„Vielleicht." Er zuckte mit den Achseln. „Obwohl es bei meinem Job viel unwahrscheinlicher ist, dass ich mir alle Knochen breche."

Sie kicherte. „Es sei denn, du brichst durch die Decke."

„Du auch noch? Es ist schon schlimm genug, dass meine Brüder sich verpflichtet fühlen, das *ab und zu* anzusprechen."

„Brüder necken sich gerne gegenseitig."

„Sie sagen, sie wollen nur dafür sorgen, dass ich bescheiden bleibe."

„Nun, das ist doch was." Ihr Lächeln wurde wehmütiger. „Also, was hat sich geändert?"

„Was hat sich geändert?"

„Der Traum und die Mathematik. Denn du wirst mir nicht vormachen können, dass du nicht gut in Mathematik bist. Niemand kann ein Unternehmen wie Farraday Brothers Construction so erfolgreich machen wie du, wenn er schlecht mit Zahlen ist."

Wenn er in seinem Leben etwas gelernt hatte, dann, dass das alte Sprichwort *Das Leben ist, was passiert, während man damit beschäftigt ist, andere Pläne zu schmieden* der Wahrheit entsprach. „Ich war ungefähr elf, als alles schief ging, was in einem Viehbetrieb schiefgehen konnte. Vom Verlust einer Menge Rinder, als der Tränketeich mit Abwasser aus einem nahegelegenen Baugebiet verunreinigt wurde, bis zu einem Feuer, das den Heuvorrat für den Winter vernichtete. Zusammen mit ein paar anderen Variablen wurde die Familienranch schwer getroffen. Zuerst tat Dad so, als wäre es nicht das Ende der Welt und dass alles wieder gut werden würde, aber ich sah, wie sehr es ihn belastete. Wir begannen, mehr zusammenzuarbeiten. Er brachte mir bei, wie man die Buchhaltung machte, und ich begann, Stellen zu finden, an denen wir sparen konnten. Dad verkaufte ein kleines Stück Land an die Bauträger des besagten Baugebiets, um uns durchzubringen, aber es war hart. Zwei Jahre später standen wir wieder auf den Beinen und ich hatte festgestellt, dass mir die Arbeit mit Zahlen tatsächlich Spaß machte. Nicht genug, um Buchhalter zu werden, aber genug, um mich auf das Abschließen von Geschäften zu konzentrieren."

„Der Traum von Rodeo-Schnallen blieb auf der Strecke und wurde durch den vom Immobilienmogul ersetzt."

„Soweit würde ich nicht gehen, aber ja, als wir alle anfingen, Hammer und Nägel in die Hand zu nehmen, um die alte Ranch zusammenzuhalten, stellten wir fest, dass uns das besser gefiel als Ställe auszumisten oder verlorene Kälber zu jagen. Unsere Fähigkeiten auf dem Bau mit Immobilien zu kombinieren, erschien da wie ein Kinderspiel." Er neigte den Kopf, um sie besser ansehen zu können. „Was ist mit dir? Hattest du irgendwelche Kindheitsträume?"

Sie lachte leise. „Viele. Mal sehen. Mit vier wollte ich Opernsängerin werden, mit sechs Ballerina, mit acht Prinzessin –"

„Hohe Ambitionen." Er lächelte sie an.

„Oh, aber ich wurde schlauer. Mit zehn erkannte ich, dass Geld Dinge möglich machte und es nicht sehr praktikabel war, darauf zu warten, dass ein reicher Prinz mich zu einer Prinzessin macht."

Während sie erklärte, dass ihre Ambitionen in Richtung Ärztin oder Anwältin umschwenkten, fuhr er auf den Parkplatz des Restaurants.

Als er ihr die Autotür öffnete, streckte sie ein Bein heraus und hielt inne, um das Gebäude zu betrachten. „Oh, das sieht wirklich schön aus."

„Drinnen ist es noch besser." Er reichte ihr die Hand, um ihr herauszuhelfen, hielt sie aber etwas länger fest, als er es wahrscheinlich hätte tun sollen, bevor er seine Hand auf ihren Rücken gleiten ließ und sie den Gehweg hinaufführte.

Der Oberkellner führte sie zu einem kleinen Tisch an einem großen Fenster mit Blick auf eine wunderschön angelegte Terrasse. Der Ort erinnerte ihn immer an Städte wie New Orleans oder Savannah mit ihren gemauerten Terrassen und jeder Menge Grün. Er kam dem Mann zuvor und zog Connies Stuhl heraus. Als sie sich ganz hingesetzt hatte, beugte er sich vor. „Welcher Traum hat schließlich gesiegt?"

„Im College wurde mir klar, dass ich nicht dafür geschaffen war, Ärztin oder Anwältin zu werden. Vor allem, weil ich organische Chemie hasste und mir der Gedanke Schwindelgefühle bereitete, noch mehr Jahre studieren zu müssen, bevor ich anfangen könnte, meinen Lebensunterhalt zu verdienen. Also machte ich meinen Abschluss in Betriebswirtschaft und begann, für Harriet als ihre Büroleiterin zu arbeiten."

„Von der Büroleiterin zu einer außergewöhnlichen Innenarchitektin."

„Danke."

„Aber es stimmt. Du bist sehr gut. Auch wenn du mir schon mit manchen deiner Ausgaben den letzten Nerv geraubt hast."

„Tut mir leid, aber am Ende bügle ich es immer wieder aus."

„Das tust du, aber der Weg dahin kann hart sein."

Sie neigte den Kopf und zog in einer frechen Geste eine Schulter hoch. „Das ist es, was das Leben interessant macht."

„Heißt das, dass du deine Träume lebst?"

„Fast. Ich möchte meine eigene Firma haben, die Kunden annehmen, die ich will, und an den Projekten arbeiten, die mir etwas bedeuten. Versteh mich nicht falsch. Ich liebe meinen Job wirklich, aber ich möchte nicht bis zur Rente für jemand anderen arbeiten."

Das konnte er verstehen. Aber er fragte sich, ob sie ihn immer noch als Kunden haben wollte, wenn sie ihre eigene Firma hatte?

Connie konnte nicht glauben, dass sie hier in einem schicken Restaurant mit einem unglaublichen Essen vor sich saß und Owen von all ihren Hoffnungen und Träumen erzählte. Und tatsächlich aßen sie zuerst den Nachtisch. Allerdings hatten sie ein Stück Kuchen mit zwei Gabeln bestellt und waren irgendwann vom Naschen der Süßigkeit zu einem Gabelkrieg übergegangen. Sie fühlte sich so glücklich wie ein Kind ohne Sorgen.

Eine kräftige Bewegung ihres Handgelenks ließ Owens Gabel fliegen. Sofort schnellte ihre Hand zu ihrem Mund. „Ups. Entschuldigung."

Glücklicherweise lachte er nur. Er lachte herrlich. Wie hatte sie all die Jahre mit ihm zusammenarbeiten und dabei nur sein strenges, bürokratisches Verhalten sehen können.

Er wedelte mit dem Finger in ihre Richtung. „Nach dem Abendessen gibt es eine Revanche."

„Ich nehme dich beim Wort."

Der Kellner brachte ihnen das Essen und als Connie das Steak anschnitt und den ersten Bissen nahm, stöhnte sie beinahe vor Vergnügen. „Das ist der Stoff, aus dem Träume gemacht sind."

„Normalerweise sollte man nicht zu viel versprechen und dann mehr abliefern, aber dieses Lokal kann sich sehen lassen."

Sie legte ihre Gabel auf den Teller, schluckte ihren Bissen hinunter und musterte Owen. „Das sagt eine ganze Menge über dich aus."

„Was, dass ich Steak mag?"

„Nein. Nicht zu viel versprechen und dann mehr abliefern. Das machst du auch mit deinem Budget. Darum regst du dich so auf, wenn ich es überziehe."

Sie hatte tatsächlich das Gefühl, dass sie Owen nach diesem Abend noch besser verstand.

Nachdem Owen die Rechnung bezahlt hatte, stand er auf und streckte seine Hand aus. „Bereit für deine Überraschung?"

„Absolut." Sie konnte sich kaum zurückhalten, nicht vor Vergnügen zu quietschen. „Habe ich schon erwähnt, dass ich Überraschungen liebe?"

Er schüttelte den Kopf. „Das werde ich im Hinterkopf behalten. Ich hoffe nur, ich habe nicht zu viel versprochen."

„Das bezweifle ich ernsthaft." Sie beobachtete den Straßenrand, als Owen aus dem Parkplatz fuhr und in Richtung Innenstadt abbog, als wäre er sein ganzes Leben lang in dieser Stadt herumgestreunt. Mit jeder Kurve breitete sich die Aufregung in ihr wie ein Lauffeuer aus.

„Und da sind wir." Er bog auf einen Parkplatz und hielt beim Parkservice an. Bevor sie reagieren konnte, hatte ein junger Mann ihr die Tür geöffnet, während ein anderer Junge, der kaum alt genug zum Autofahren aussah, Owens Schlüssel gegen einen Parkschein eintauschte.

Als sie vor dem Gebäude stand, blickte sie auf das große Schild, auf dem in roten Buchstaben in Schreibschrift *Red Jacket* stand.

„Komm." Er schubste sie weiter und beobachtete sie aufmerksam.

Erst als sie an der Tür ankam, bemerkte sie die Gravur auf der Glasfront. *Tanzclub.* Verwirrung verdrängte schnell die Aufregung, die in ihrem Inneren um sich geschlagen hatte.

Drinnen bezahlte er den Eintritt, steckte dem Mann, der die Gäste einwies, ein Trinkgeld zu und wurde direkt zu einem runden Tisch am vorderen Rand der großen hölzernen Tanzfläche geführt.

Sie war so sehr auf ihre Umgebung konzentriert, während sie sich fragte, was genau die Überraschung sein würde, dass sie der Musik über ihr keine Aufmerksamkeit schenkte, bis Owen seine Hand nach ihr ausstreckte. „Sollen wir?"

Als hätte man ihr plötzlich eine Brille gegeben, wurde plötzlich alles klar. Die Leute bewegten sich auf der Tanzfläche nicht in einem Two Step oder langweiligem kann-nicht-tanzen-Wackeln, sondern drehten und bewegten sich wie Figuren aus einem Musical aus der Mitte des letzten Jahrhunderts. Sie befanden sich in einem Swing-Club.

„Ich weiß, ich bin nicht dein Onkel Ray, aber ich bin dafür bekannt, dass ich das Tanzbein schwingen kann."

Connie liebte es, dass er versuchte, ihr etwas zu geben, das sie sehr vermisste, aber die Überraschung wurde noch größer, als sie die Tanzfläche betraten und er ihre Hand ergriff. In dem Moment, als er sie in eine Standardhaltung für das Swingtanzen zog, wusste sie, dass dieser Mann das schon einmal gemacht hatte.

Genau in diesem Moment begann Glenn Millers *In the Mood* zu spielen und ihr wurde klar, dass das Trinkgeld nicht für den Tisch, sondern für das Lied bestimmt gewesen war. Fünf kurze Minuten später war sie herumgewirbelt, gedreht, geneigt und herumgeworfen worden, und konnte sich nicht erinnern, jemals mehr Spaß gehabt zu haben. Zumindest nicht, seit Onkel Ray aufgehört hatte zu tanzen.

Die Melodie von Glenn Miller verklang und ein anderer schneller Rhythmus übernahm. Sie war begeistert, dass Owen sie, anstatt wieder ihre Plätze einzunehmen, zu dem neuen Lied hinauswirbelte und wieder eindrehte.

Sie hatte den Überblick darüber verloren, zu wie vielen Liedern sie getanzt hatten, als Owen sie an seine

Seite drehte, das Lied verklang und er sein Kinn senkte und es wagte, das zu tun, worauf sie die ganze Woche gewartet hatte. Der Kuss war sanft und süß und endete viel zu schnell.

Ein anderes Lied erklang und während er sie immer noch fest an sich drückte, löste er seinen Blick nicht von ihrem. „Noch ein Lied oder Zeit für eine Pause?"

Zu schade, dass die Optionen keinen weiteren Kuss beinhalteten. Denn wie an alles andere in diesem Teil von Texas würde sie sich auch gerne daran gewöhnen, Owen zu küssen.

KAPITEL VIERZEHN

Dieses Projekt schien wie im Flug vergangen zu sein. Vielleicht lag es auch an der Gesellschaft, in der Owen sich befand. Das alte Sprichwort *Die Zeit vergeht wie im Flug, wenn man Spaß hat,* schien hier perfekt zu passen. Es gab so viele Dinge, die er über Connie erfahren hatte, die ihn überrascht und erfreut hatten. Jetzt, wo ihre Arbeit fast erledigt war, musste er sich überlegen, was er als Nächstes tun sollte. Natürlich war sein erster Instinkt, sie in die Arme zu ziehen und sie richtig zu küssen. Nicht wie das kurze, süße Küsschen auf die Lippen, das ihm seit dem letzten Abend nicht mehr aus dem Kopf ging, sondern ein langer, inniger Kuss, der ihr alles sagen konnte, was er fühlte.

„Seit wann bist du Teil der Putzkolonne?" Morgan kam die glänzenden Holzstufen herunter.

Owen lockerte seinen Griff um den Wischmopp und richtete seine Aufmerksamkeit vom Boden auf seinen älteren Bruder. „Seit sonst gerade niemand Zeit hat, um herzukommen und alles rechtzeitig vor dem Palooza dieses Wochenende in Ordnung zu bringen."

Sein ältester Bruder nickte. „Hast du noch einen?"

„Nein. Aber es sind jede Menge Lappen in der Kiste am Check-in-Schalter. Bedien dich und wisch alles ab, was mit einer Staubschicht bedeckt ist.

„Oh, guter Gott. Sie sind fast da." Valerie stürmte durch die frisch gebeizten Doppeltüren. „Warum ist alles noch so staubig?"

„Weil wir hier unten gerade erst fertig geworden sind ..." Owen drehte sein Handgelenk und blickte auf die Uhr. „Vor einer Stunde."

„Was ist mit den Zimmern oben?" Valeries Blick wanderte zur Decke.

Morgan ging auf sie zu, rieb ihr beruhigend mit einer Hand den Arm und küsste sie fest auf die Lippen. „Connie nimmt gerade den letzten Schliff vor. Bald ist alles kamerabereit für das letzte Shooting."

Seine arme Schwägerin war völlig durch den Wind. Vor ein paar Tagen hatte sie die Nachricht erhalten, dass der Sponsor und seine Frau ein paar Tage später als geplant ankommen würden, was genau während des Paloozas in Sadieville sein würde. Da sie wusste, dass der Sender nicht wollte, dass die Veranstaltung in der Episode erwähnt werden sollte, wuchs Valeries Nervosität wegen dieser Überschneidung nur noch mehr.

„Auf der Straße wirbeln zwei lange schwarze Limousinen eine Menge Staub auf." Neil kam durch die Vordertür herein. „Sollen wir sie vom Begrüßungskomitee abholen lassen oder ihnen den Weg abschneiden?"

„Begrüßungskomitee?" Valerie drehte sich zu ihrem Mann um.

„Ich glaube, er meint die Schwestern." Owen versuchte, nicht über den erschütterten Gesichtsausdruck seiner Schwägerin zu lachen. „Seit sie gehört haben, dass Sponsoren nach Sadieville kommen, reden sie nur noch davon, ihnen die Stadt zu zeigen."

„Oh, Gott." Valerie drehte sich wieder um und blickte zur Doppeltür. „Wie nervös muss ich sein, wenn ich keine Ahnung habe, ob das etwas Gutes oder Schlechtes ist?"

Morgan lachte leise und zog seine Frau in eine

beruhigende Umarmung. „Wäre Tante Eileen besser?"

Valeries Kopf schnellte von seiner Schulter hoch. „Ist sie auch hier?"

„Das muss ich wohl bestätigen." Morgan nickte knapp.

„Oh, Gott." Valerie zog sich zurück, blickte ihren Mann und ihren Schwager an und stieß einen tiefen Seufzer aus. „Früher oder später werden sie sie kennenlernen müssen. Und weswegen auch immer sie hier sind, ich bezweifle sowieso, dass irgendetwas, was die Ladies tun oder sagen, sie umstimmen würde."

„Das ist mein Mädchen." Morgan küsste sie auf die Stirn und Owen spürte, wie ein Anflug von Neid ihn durchfuhr.

Zwei seiner Brüder hatten die Liebe ihres Lebens gefunden, und jetzt, da Owen die Frau gefunden hatte, die er für den Rest seines Lebens lieben konnte, wünschte er sich, er hätte die Freiheit, Connie nach Belieben zu halten und zu trösten. *Für den Rest seines Lebens.* Als hätte er einen stromführenden Draht gepackt, traf es ihn plötzlich mit schockierender Klarheit, dass Connie die einzige Frau für ihn war.

„Alles in Ordnung, Brüderchen?" Paxton kam aus dem Büro des Managers und klopfte seinem Bruder auf die Schulter. „Du siehst aus, als hättest du einen Angelhaken verschluckt."

Owen blinzelte seinen eineiigen Zwilling an und schüttelte seine Gedanken ab. „Alles gut. Ich gehe gedanklich nur noch die letzten Kleinigkeiten durch." Zum Beispiel, wie er Connie davon überzeugen könnte, dass er der einzige Mann für sie war.

„Die Probe für das Palooza war ein voller Erfolg. Ich bin sicher, du schaffst das." Pax trat einen Schritt zurück. „Ich gehe mal kurz zum Stall, um zu sehen, ob Dad und Onkel Sean Hilfe brauchen."

„Wie läuft es?", fragte Valerie.

„Ich denke, gut. Als Dad auf die Ranch fuhr, dachte ich, Onkel Sean würde gleich in Tränen ausbrechen. Keiner von beiden sagte eine lange, peinliche Minute auch nur ein Wort, und dann fielen sie sich in die Arme und ich fragte mich, ob sie sich jemals wieder loslassen würden."

„Das wirklich Merkwürdige daran", warf Neil ein, „ist, dass sie kein Wort darüber verloren haben, dass wir uns ferngehalten haben oder was passiert ist. Sie tun so, als hätte sich nie etwas geändert und als wären sie immer zusammen gewesen."

„Ich schätze, das könnte eine gute Sache sein." Valerie zuckte mit den Achseln.

„Vielleicht", murmelte Owen. Und andererseits, wie bei einer langen, langsam brennenden Zündschnur einer Stange Dynamit, vielleicht auch nicht."

Gerüchte verbreiteten sich an diesem Drehort schneller als ein Lauffeuer. Connie hatte gerade das letzte Kissen aufgeschüttelt und noch ein Bild geradegerückt, als Owen ihr eine Nachricht schrieb, dass die Sponsoren jeden Moment hier sein würden. Ihr Fuß hatte kaum die letzte Stufe der frisch renovierten Treppe erreicht, als Valerie praktisch quietschte: „Sie sind da."

So nervös Valerie wirkte, weil der größte Sponsor der Show nach West-Texas kam, so neugierig war Connie. Nicht, was den Grund für den Besuch betraf. Sie fragte sich, wie Sponsoren waren. Wie musste es sein, darüber zu entscheiden, ob Fernsehsendungen weiterleben durften oder sterben mussten.

Owen hielt auf seinem Weg nach draußen kurz neben Connie inne. „Ich glaube, ich sollte nachsehen, ob ich Paxton zur Hand gehen kann. Ich denke nicht, dass die neuen Gäste ein Empfangskomitee brauchen.“ Etwa eine Sekunde lang dachte Connie, Owen würde sich vorbeugen und sie küssen. Seit diesem einen süßen, kribbelnden Kuss breitete sich jedes Mal, wenn er ihr nahe genug kam, dass sie sein Eau de Cologne riechen konnte, in hoffnungsvoller Erwartung eines weiteren Kusses Gänsehaut auf ihren Armen aus. Nun ja. Wie Scarlett O'Hara einmal sagte: Morgen ist auch noch ein Tag.

Kaum war die Seitentür hinter ihm geschlossen, fuhr die lange schwarze Limousine vor und die Hintertür öffnete sich. Ein Fuß baumelte heraus und Connie konnte die rote Sohle sehen. Natürlich konnte sich jemand so Wichtiges leisten, tausend Dollar für ein Paar Designer-Schuhe auszugeben. Es dauerte eine weitere lange Minute, bis der andere Fuß erschien. Schließlich stand eine große, schlanke Frau vor dem Wagen und betrachtete das Äußere des Gebäudes. Nichts an der Frau war so, wie Connie es erwartet hatte. Nicht, dass sie eine Ahnung gehabt hätte, wie berühmte Hollywood-Manager auszusehen hatten, aber die Frau Mitte vierzig entsprach nicht einmal annähernd Connies Erwartungen. Leuchtend rosa Leggings mit einem dazu passenden rosa Oberteil in Leopardenmuster, das eine Schulter freiließ, dazu große Creolen und eine Sonnenbrille, die so groß war wie ihr Gesicht, riefen nicht gerade Geschäftsfrau.

Ein Mann kam von der anderen Seite des Wagens und blieb neben der künstlichen Blondine stehen. Er trug eine Hose mit Bügelfalten, ein gestärktes kurzärmliges Button-Down-Hemd und dazu passend einen braunen Ledergürtel und braune Lederschuhe. Der Mann strotzte vor Geld. Connie zweifelte nicht daran, dass die Schuhe des Mannes genauso viel kosteten wie die seiner Begleitung, vielleicht sogar noch mehr. Außerdem war er der Frau ein paar Jahre voraus. Okay, vielleicht sogar mehr. Wenn sie raten müsste, würde sie darauf wetten, dass die Möchtegern-Katze an seiner Seite vor zwanzig Jahren die Midlife-Crisis-Romanze des Mannes gewesen war.

„Mrs. Neuman. Was für eine Freude, Sie wiederzusehen." Valerie lächelte die Frau an.

„Ich kann nicht glauben, dass ich hier bin." Die Frau klatschte in die Hände und ging in die Lobby. Ihr Blick fiel auf die hellbraunen Ledersofas, die in dem großen Raum verteilt waren. Sie runzelte die Stirn, aber es zeigten sich keine Falten. Offensichtlich kleidete sie sich nicht nur wie eine farbenblinde Studentin in den Frühlingsferien, sondern pflegte auch eine enge und persönliche Beziehung zu einem Dermatologen, um jung zu bleiben. Connie wollte ihr nicht sagen, dass es nicht funktionierte.

Die Frau drehte sich um und sah die wenigen Leute in der Lobby an. Einer nach dem anderen wurden sie vorgestellt, und als die Blondine sich auf Valerie konzentrierte, wurden erwartungsgemäß Höflichkeiten ausgetauscht. „Haben Sie schon viele Geister gesehen?"

„Es tut mir leid." Valerie blinzelte. „Wie meinen Sie?"

„Geister. Es ist eine Geisterstadt. Ich habe Joanna Farradays Buch über diese und andere Geisterstädte in Texas gelesen. Es muss Geister geben."

„Oh. Nun, das ist nur eine Anspielung auf den verlassenen Zustand, in dem sich die Stadt einmal befand. Wir haben keine Geister."

Mrs. Neuman winkte ab. „Unsinn. Ich habe von der Frau gehört, die mitten in der Nacht um Hilfe schreit."

„Das waren nur Pfauen", meinte Neil. „Es war überraschend, aber das Krächzen von Pfauen klingt sehr nach einem Menschen, der um Hilfe ruft."

Die Frau schüttelte den Kopf. „Was ist mit all den

sich bewegenden Objekten? Der arme Kameramann war so verängstigt, dass er nicht mehr an dem Projekt arbeiten wollte."

Diesmal griff Morgan ein. „Seien Sie beruhigt, Sie müssen sich keine Sorgen wegen Geistern machen. Es gibt nichts, wovor Sie Angst haben müssen. Die Stadt ist völlig normal. Die sich bewegenden Möbel hatten nichts mit Geistern zu tun."

„Ich habe keine Angst." Die Frau zitterte fast vor Aufregung. „Warum glauben Sie, dass ich hier bin? Ich möchte die Geister treffen!"

Connie wusste nicht, wem die Kinnlade am weitesten herunterfiel. Neil sah zu Morgan, Morgan zu Valerie, Valerie zu Connie und Connie zuckte nur mit den Achseln.

„Ich fürchte, wir haben keine Geister." Valerie lächelte schwach.

„Das überrascht mich nicht." Wieder schüttelte die Frau den Kopf und drehte sich langsam, um den Empfangsbereich zu begutachten. „Das ist alles falsch. Warum sollte Miss Sadie diesen Ort besuchen wollen? Es ist zu", sie blickte auf das Sofa und dann zu Valerie hinauf, „zu modern."

Jetzt war Connie an der Reihe, etwas zu sagen. „Wir wollten einen traditionellen Look, der Komfort bietet, aber trotzdem die Stimmung des vergangenen Jahrhunderts vermittelt."

„Das geht überhaupt nicht." Mrs. Neuman wedelte mit den Armen herum. „Wenn Sie möchten, dass Miss Sadie unsere Gäste heimsucht, muss sie sich willkommen fühlen. All das muss weg. Wir müssen etwas Bordell-Bling zum Einsatz bringen."

Connie wusste, dass ihre Augen hervorquellen mussten. Was zum Teufel war Bordell-Bling?

„Sie brauchen Farbe und Struktur und Pfiff." Die Frau des Sponsors schüttelte den Kopf und ließ ihren

Blick noch einmal durch die Lobby schweifen. „Rosa. Wir brauchen viel Rosa. Und Samt. Die Ladies lieben Samt. Oh, und Kristalle. Wissen Sie, ich bin selbst ein bisschen übersinnlich begabt und Kristalle helfen dabei, mit dem Jenseits zu kommunizieren."

Soweit Connie es erkennen konnte, war die Frau eher übergeschnappt als übersinnlich. Aber noch beunruhigender war, dass der Sponsor neben seiner Frau stand und nickte. Er war doch nicht ihrer Meinung? „Es gibt bereits Pläne für die große Eröffnung und die Dekoration jetzt zu ändern wird mehr kosten, als die Sponsoren zahlen wollen." Sie wandte sich an den Ehemann. „Das stimmt doch?"

„Es ist eine Überlegung wert." Die Antwort des Mannes war nicht die Zustimmung, auf die sie gehofft hatte.

„Hallo." Tante Eileen kam in die Lobby und ging in vollem Kostüm auf die Frau zu, die nach rosa verlangte. „Ich bin Eileen Farraday. Freut mich, Sie kennenzulernen."

Anstatt die dargebotene Hand anzunehmen, stieß die Blondine Tante Eileen in die Rippen. „Oh, Sie sind echt."

„Wie bitte?"

„Ich dachte, Sie wären vielleicht ein Geist."

„Verstehe." Eileen warf ihren Neffen einen Blick von der Seite zu. „Ich schätze, ich hätte heute mehr Make-up auftragen sollen."

Dieser Versuch, witzig zu sein, brachte die meisten Leute zum Kichern und die Blondine dazu, weiter darüber zu reden, dass alle dafür sorgen müssten, dass sich die Geister willkommener fühlten. Zum ersten Mal, seit Valerie wegen der erwarteten Ankunft des Firmenvertreters, der einen Großteil des Geldes für diese Renovierung übernahm, in Panik verfallen war, war nun auch Connie kurz davor, panisch zu werden.

Owen war das Gesicht der Firma, er sollte hier sein, um der Frau Vernunft einzubläuen. Oder Paxton, er hatte ein Händchen für Ladies. Jemand würde diese Frau an Land ziehen müssen, und zwar schnell. Aber eines war sicher, nur über ihre Leiche würde auch nur der Hauch von Bordell-Bling diese Schwelle überqueren.

„Wie viel Macht haben dieser Mann und seine Plastik-Frau eigentlich genau?" Tante Eileen stellte eine Schüssel Kartoffelbrei auf den Esstisch.

Valerie platzierte einen Korb Brot neben den Kartoffeln und setzte sich. „Zu viel. Wenn er den Stecker ziehen will, kann die Show abgesetzt werden und die Mittel für die Renovierung versiegen."

„Es ist mir egal, ob die Show abgesetzt wird, aber die Kosten für die Fertigstellung der Pläne für die Stadt kann Tuckers Bluff nicht alleine stemmen." Owen musste kein Zahlen- oder Mathegenie sein, um das zu wissen. Die Kosten für den Umbau des veralteten Hotels in ein Luxus-Boutique-Reiseziel für reiche Touristen waren kein Klacks. Das Sponsoring und die Fernsehshow waren die einzige Möglichkeit für die Stadt, die Kontrolle über die verschiedenen Unternehmungen zu behalten, ganz zu schweigen davon, von den Gewinnen zu profitieren – sobald diese anfingen einzutrudeln.

„Also, was machen wir jetzt?" Morgan ergriff die Hand seiner Frau und drückte sie beruhigend. „Irgendwie müssen wir Marla Neuman und ihren Mann davon überzeugen, dass man mit Geistern keine Touristen anlocken kann."

„Eigentlich", Onkel Sean griff nach der Platte mit gedünstetem Spargel, „lockt ein bisschen Geister-

Interaktion tatsächlich eine ganze Menge Touristen an. Ich habe gerade einen Artikel über ein Spukschloss in Schottland gelesen. Die Leute zahlen viel Geld, um nach Schottland zu fliegen und bei den Geistern zu schlafen."

Valerie starrte ihren Onkel an. „Ich glaube nicht, dass die Dekoration des Hotels mit rosa Samt Touristen oder Geister anlocken wird."

„Da stimme ich dir zu." Connie stach ein Stück Fleisch auf und schob es sich in den Mund.

Onkel Sean lachte. „Ich stimme zu – rosa Samt funktioniert nicht. Ich sage nur, man sollte die Anziehungskraft nicht unterschätzen, die ein bisschen Geisteraktivität auf den Tourismus haben kann."

„Ich weiß nur", Tante Eileen stach in ein Schweinekotelett, „wenn diese Frau morgen den ganzen Tag beim Palooza verbringt und Leute in Kostümen anstupst, um zu sehen, ob sie Geister sind, werden wir einige blaue Flecke behandeln müssen."

„Was uns wieder zu der Frage bringt, was wir tun sollen?" Paxton ließ seine Gabel in der Luft baumeln. „Weil es so klingt, als ob es nicht in Frage kommt, ihr zu sagen, sie solle in den Hades verschwinden."

„Ich werde mich um Mr. Neuman kümmern. Wenn er nicht bei seiner Frau ist, ist er eigentlich ein sehr vernünftiger Mann." Valerie benutzte ihre Gabel, um ihr Essen herumzuschieben, während sie über ihre Worte nachdachte. „Ich könnte wahrscheinlich Owens Zahlengeschick nutzen, um ihm zu zeigen, dass Bordell-Bling nicht so profitabel ist wie legere Eleganz."

„Entschuldige", Onkel Sean hielt inne, um Valerie anzusehen, „hast du Bordell-Bling gesagt? Was zum Teufel ist das?"

„Das ist Pink, Pink und noch mehr Pink", stellte Connie klar.

„Owen und ich können versuchen, Mr. Neuman über die nackten Tatsachen des Zeitplans und der Budgetbeschränkungen aufzuklären", fuhr Valerie fort, „aber der Rest von euch Männern muss Mrs. Neuman irgendwie davon überzeugen, dass das Projekt ohne Änderungen besser sein wird."

Wenn Mr. Neuman so gut mit Zahlen war, wie Morgan es von ihm erwartete, wäre es nicht schwer, ihm zu zeigen, dass dramatische Änderungen das Projekt in diesem Stadium nur in die roten Zahlen treiben würden.

„Warum wir?", fragte Paxton.

Valerie blickte ihn über den Rand des Wasserglases in ihrer Hand an. „Sagen wir einfach, Mrs. Neuman schätzt gutaussehende Mitglieder der männlichen Bevölkerung. Und ihr alle erfüllt definitiv diese Voraussetzungen."

„Außerdem", Connie lächelte Connie ihn an, „gibt es in Oklahoma keine Frau, die nicht ihre Mutter für ein bisschen Aufmerksamkeit des lebenslustigen Paxton Farraday verkaufen würde."

Das ließ Owens Kopf hochschnellen. War sie eine von diesen Frauen in Oklahoma?

„Valerie hat recht." Connie winkte Paxton zu. „Ein bisschen Charme kann in einem solchen Schlamassel viel bewirken."

Paxton schüttelte den Kopf. „Ich weiß nicht, was das für einen Unterschied macht, aber wenn ihr glaubt, dass Charme die Lady dazu bringt, es sich anders zu überlegen und nicht mehr zu versuchen, Miss Sadie heraufzubeschwören, dann werde ich es auf jeden Fall versuchen."

„Gut", Valerie nickte. „Aber was auch immer du tust, mach sie nicht wütend."

„Verstanden." Paxton seufzte. „Nett, höflich und gegen Pink sein, und Mrs. Neuman unter keinen

Umständen verärgern. Aber ich verspreche nichts."

Die anderen Männer am Tisch nickten zustimmend. Owen war sich nicht so sicher, ob Mrs. Neuman überzeugt werden konnte, aber er würde seinen Teil dazu beitragen. Irgendetwas würde schließlich funktionieren müssen.

KAPITEL FÜNFZEHN

„Sehen nicht alle hübsch aus?" Sissy stand in der Mitte des Handelszentrums. Die Leute versammelten sich in Gruppen, um sich auf den Beginn des Palooza vorzubereiten, und Connie war begeistert, dass sie bei den Farraday-Frauen sein durfte. Sie, Meg und die anderen Frauen, die in der Stadt wohnten, hatten sich im Bed-and-Breakfast umgezogen und waren dann zur Ranch gefahren, um sich mit den übrigen Farraday-Frauen zu treffen. Die Männer waren bereits im Morgengrauen nach Sadieville aufgebrochen, um sicherzustellen, dass nichts übersehen wurde, bevor die Busse mit den Kindern ankamen.

Connie hatte keine Ahnung, wer aufgeregter war, die Frauen, die Männer oder die Kinder, die bald erwartet wurden. Sie und die anderen Ladies hatten die Geschenke vorbereitet, die Owen für die Kinder bestellt hatte. Jede Menge Häubchen für die Mädchen und Cowboyhüte für die Jungen. Und falls einige der Mädchen lieber Cowgirls sein wollten, gab es auch für sie zusätzliche Hüte. Es war ihr immer noch ein Rätsel, dass ihr Mr. Knickrig, der immer auf das Budget bedacht war, in Wirklichkeit extrem großzügig war.

„Wie geht es dir?" Tante Eileen schüttelte einen schicken Hut mit breiter Krempe auf, den vor über hundert Jahren eine wohlhabende Frau getragen haben könnte.

„Gut."

Tante Eileen hielt den Hut immer noch in der Hand, senkte ihr Kinn und blickte zu Connie auf. „Also, ist die verrückte Frau zu Verstand gekommen?"

Okay, vielleicht nicht so gut. „Sie will eine Séance abhalten."

„Séance?"

„Genau. Sie findet, das Parlor House ist der perfekte Ort. Sie hat sogar die Zustimmung der Schwestern. Sie hat irgendetwas darüber gesagt, dass Sadies Geist, mir erklären wird, dass meine Wahl bezüglich der Einrichtung des Hotels völlig falsch ist."

„Verstehe." Tante Eileen setzte den Hut auf die Schaufensterpuppe und drehte sich wieder zu ihr um. „Für heute schlage ich vor, dass wir uns auf die Kinder konzentrieren. Die selbsternannte Geisterjägerin muss einfach warten."

Oh, wie sehr Connie hoffte, dass es so einfach sein würde. Mrs. Neuman war gestern spätabends in das Handelszentrum gegangen und hatte sich ein Saloon-Girl-Kostüm gekauft. Zweifellos in der Hoffnung, Miss Sadie zu gefallen. „Wenn Sadie nur auftauchen und der Frau sagen würde, sie solle mich verdammt noch mal in Ruhe lassen."

Eileen starrte sie eine Sekunde lang an, bevor sich ihre Mundwinkel zu einem hinterlistigen Grinsen verzogen. „Ja, wäre das nicht schön."

„Ja, das wäre es." Angesichts der vielen Schwierigkeiten, die diese eine Frau einer so gut geölten Maschine bereitete, kam Connie plötzlich der Gedanke, wie sie Mrs. Neuman vielleicht doch noch Vernunft einbläuen könnten. „Ich nehme nicht an, dass du etwas über Séancen weißt?"

„Ich? Auf keinen Fall."

„Und wie sieht es damit aus, eine Séance zu inszenieren?"

„Warum sollte ich denn ..." Eileen Farraday

Lächeln wurde plötzlich breiter. „Kluge Frau. Lass mich sehen, ob ich ein paar Leute mit ins Boot holen kann. Vielleicht können wir deinen Wunsch wahr werden lassen."

„Woran denkst du?" Sie hatten nicht viel Zeit.

„Nicht sicher. Du musst einfach zur Séance kommen. Aber wenn ich den Geist aus dem Bordell nicht herbeizaubern kann, müssen wir zu Plan B übergehen."

Connie nickte. „Und was ist Plan B?" Das war eine dumme Frage, da sie keine Ahnung hatte, was Plan A war.

„Darüber habe ich noch nicht nachgedacht. Ich muss jemanden wegen eines Pferdes finden." Eileen eilte zur Haustür.

„Ich glaube, ich werde mal nachsehen, wer sonst noch Hilfe braucht", rief sie der Familienmatriarchin hinterher. Ihr Instinkt sagte ihr, der Frau zu folgen, aber nach den Geschichten, die sie von Owen und den anderen gehört hatte, war es wahrscheinlich besser, Eileen das alleine machen zu lassen.

„Tu das, Liebes." Eileens Lächeln wurde breiter, als sie winkte und die Straße hinaufmarschierte.

Connie hatte es kaum bis zur Hälfte des hölzernen Gehwegs geschafft, als sie mit niemand anderem als Marla Neuman zusammenstieß. „Sie sehen in diesem Kleid einfach bezaubernd aus."

Irgendwie klang das, was ein Kompliment hätte sein sollen, alles andere als das. „Danke, Mrs. Neuman. Ihnen steht ihr Kleid auch gut."

„Das tut es, nicht wahr?" Sie zupfte an ihrem Kleid, rückte ihr üppiges Dekolleté zurecht, das zweifellos wie ihr Plastiklächeln gekauft war, und blickte Connie in die Augen. „Mein Mann hat mir gesagt, ich solle wegen des Hotels nach Mr. Farraday suchen. Sie wissen nicht zufällig, wo ich ihn finden kann."

„Hat er gesagt, nach welchem Mr. Farraday?"

Die Frau lehnte sich zurück und ihre Augen weiteten sich vor Überraschung. „Wie viele gibt es denn?"

Connie begann kurz zu zählen, wie viele heute erwartet wurden, und entschied sich dann für: „Mehr als einen. Irgendeine Ahnung, welchen er gemeint hat?"

„Den, der die Geldgeschäfte abwickelt."

In diesem Moment kam Paxton die Straße entlanggeschlendert, wobei seine Sporen auf der staubigen Straße klapperten.

„Ist das nicht typisch, dass ein Farraday auftaucht, wenn man ihn braucht?" Connie dachte, Paxton wäre besser geeignet, die Frau auf der Suche nach Owen zu begleiten. Schließlich hatten sie sich letzte Nacht darauf geeinigt, dass, wenn es irgendjemanden gab, der sie umstimmen könnte, er es war.

„Ist das Mr. Farraday?"

„Einer von ihnen."

„Meine Güte." Die Frau wedelte sich mit der Hand Luft zu und zog ihr bereits tief ausgeschnittenes Dekolleté noch tiefer. „Das könnte sich als der größte Spaß herausstellen, den ich seit langem mit Zahlen gehabt hatte."

„Ähm, nein. Das ist nicht –"

„Psst. Da kommt er." Der Blick der Frau blieb auf Paxton gerichtet, der den Rest der kurzen Strecke auf sie zu stolzierte.

Bei genauerer Betrachtung bemerkte Connie, wie Marla Neuman Paxton geradezu ansabberte. Wenn sie nach Owen suchte, was würde es dann schaden, sie glauben zu lassen, Paxton wäre Owen? Solange Paxton nicht über Geld reden musste, war alles in Ordnung. Außerdem bezweifelte sie, dass diese Frau jemals über Geld sprach, sondern es nur ausgab.

„Hallo, Ladies." Wie ein echter Gentleman des

Wilden Westens tippte Paxton seinen Hut an. „Willkommen, Mrs. Neuman.“

„Bitte nennen Sie mich Marla.“

Er nickte. „Mir wurde gesagt, Sie würden gerne eine Führung bekommen und sehen, was wir mit dieser vergessenen Stadt gemacht haben.“

„Oh ja. Ich brenne darauf, mehr zu sehen.“

Connie hatte keine Ahnung gehabt, dass eine Frau so schnell mit den Augen klimpern konnte.

Marla streckte ihm den Ellbogen entgegen, klammerte sich an ihn und lächelte breit. „Vor allem das Parlor House interessiert mich.“

„Dann fangen wir dort an.“ Paxton drehte sich mit ihr herum, um die Straße hinaufzugehen, zwinkerte Connie zu und führte Marla davon.

Normalerweise war Connie keine Person, die an Vorahnungen glaubte, aber gerade jetzt hatte sie das Bauchgefühl, dass der heutige Tag nicht wie geplant verlaufen würde. Die Frage war nur, ob das gut oder schlecht war.

„Psst.“ Das leise Zischen schallte sanft durch den Stall.

„Wo ist Paxton?“ Owen setzte seinen Hut auf und sah sich nach seinem Bruder um.

„Psst.“

Als Owen das leise Geräusch erneut hörte, blickte er erst über die linke und dann über die rechte Schulter, konnte aber nicht sagen, woher es kam.

Sean Farraday kraulte eines der Pferde am Kiefer, die Connor mitgebracht hatte. Später, sobald die Kinder eingetroffen waren, würde Adam sie bei der Schmiede zur Unterhaltung der kleinen Gäste beschlagen. „Er hat Mrs. Neuman gesucht. Obwohl ich immer noch nicht sicher bin, was wir tun können, um diese Frau umzustimmen."

Morgan steckte den Kopf durch die Tür. „Die Busse treffen ein."

„Zeit, loszulegen." Owen machte auf dem Absatz kehrt und hörte erneut das Zischen, nur diesmal etwas lauter, gefolgt vom sanften Klang seines Namens. Als er hinter sich blickte, sah er den Kopf seiner Tante Eileen hinter den Scheunentoren, die ihm mit einem Finger gestikulierte näherzukommen.

„Tante Eileen? Wieso zum Teufel versteckst du dich im Stall?"

„Ich möchte nicht, dass dein Onkel Sean mich sieht."

Owen drehte sich dorthin um, wo sein Onkel, seine Cousins und seine Brüder gerade noch gestanden waren, bevor sie zu den Bussen aufgebrochen waren. „Das ist unwahrscheinlich. Er ist inzwischen auf halbem Weg die Main Street hinunter."

„Gut." Seine Tante kam aus dem Schatten hervor. „Wir haben einiges zu erledigen."

„Wovon redest du? Wir sind bereit für die Kinder."

Seine Tante schüttelte den Kopf. „Die ganze Stadt ist bereit für die Kinder, davon rede ich nicht. Willst du deiner Freundin helfen?"

„Freundin?"

„Es hat keinen Sinn, dagegen anzukämpfen. Gray hat gesprochen."

„Gray?"

„Ach, egal. Willst du helfen, unsere selbsternannte Geisterjägerin Marla davon abzubringen, Connies und Valeries Arbeit zu sabotieren oder nicht?"

„Natürlich will ich helfen, aber was kann ich tun?"

„Dann komm mit." Das Lächeln seiner Tante wurde immer breiter und sie hob das Kinn, was ihm das Gefühl gab, dass das, was jetzt kommen würde, nichts

Gutes verheißen konnte. „Oh." Sie hielt inne. „Und wir brauchen eine Taschenlampe."

Taschenlampe? Worauf auch immer er sich hier gerade einließ, er hoffte, Onkel Sean und Connie würden ihn deswegen nicht umbringen.

Bisher war Paxton nicht einmal im Geringsten überrascht, dass diese verrückte Frau an Geister glaubte. Sie hatte ihm von der positiven Energie von Kristallen erzählt, weshalb sie einen kleinen an einer Kette trug – einer zweiundzwanzig karätigen Goldkette – und natürlich davon, wie wichtig es war, dass man sein Horoskop las. Schließlich lohnte es sich nicht, Entscheidungen zu treffen, ohne alle Fakten zu kennen. Sie hatte etwas über den rückläufigen Merkur erwähnt, aber er wagte es nicht, sie um eine genauere Erklärung zu bitten. Vor allem, da sie jedes Mal, wenn er sprach, tief Luft holte und ihm praktisch ihre Brüste ins Gesicht drückte. Er hatte nichts dagegen, seinen Charme spielen zu lassen, aber er zog eine Grenze bei dem, was diese Frau ihm anbot. Es war gut, dass er seine Schwägerin liebte und seiner Tante vertraute, denn sonst wäre er schon lange zu seinen Brüdern und Cousins geflohen, um mit den Kindern, die bereits herumrannten oder sich für Sitzplätze in der ersten Reihe beim Viehtrieb anstellten, zu essen oder zu spielen. „Da wären wir."

Das Parlor House war die Antwort des Countys auf *Das schönste Freudenhaus in Texas.* Jahrzehntelang war das Bordell ein Anlaufpunkt für Militärstützpunkte, Colleges und rastlose Ehemänner gewesen.

„Oh, wir haben auf euch gewartet." Sissy klatschte in die Hände und hüpfte auf ihren Füßen. „Wir hatten noch nie eine echte Live-Séance. Ich hoffe wirklich, dass wir Miss Sadie herberufen können."

„Séance?" Was auch immer diese Frauen vorhatten, er hatte offensichtlich nichts davon mitbekommen.

„Ja." Sister nickte. „Tante Eileen hat angeboten, die kleine Geisteranrufung durchzuführen."

„Das wird meine erste sein." Die kleinere der beiden Schwestern strahlte.

Sister zeigte mit dem Arm durch das Foyer. „Das ist das Porträt von Miss Sadie."

„Ausgezeichnet." Marla schloss die Augen und berührte den Rahmen.

Paxton blickte die beiden Schwestern an und fragte sich, warum sie sich auf all das einließen. Er folgte den Frauen und war überrascht, dass der Bereich, den er als Frühstücksbar kannte, in Dunkelheit gehüllt war. Schwere Vorhänge waren zugezogen und die Deckenbeleuchtung bis auf ein Minimum gedimmt worden. Die Möbel waren an die Wände gerückt worden. In ihrer Mitte stand nun ein runder Tisch mit einer roten Tischdecke und einer riesigen Kerze, an dem seine Tante Eileen mit ihren langjährigen Freundinnen Barbara und Ruth Ann saßen und warteten. Was führten diese Frauen im Schilde?

KAPITEL SECHZEHN

„Tut mir leid, dass ich zu spät bin." Connie eilte in den Raum, in dem alle saßen. Sie hatte keine Ahnung, was Eileen im Schilde führte, aber vielleicht fühlte sich Marla Neuman hier wenigstens zu Hause.

„Jetzt können wir anfangen." Eileen schloss für einen langen Augenblick die Augen und beugte sich über die brennende Kerze, wobei sie mit derselben Bewegung mit den Fingern fächelte, als würde sie an frisch gemahlenem Kaffee riechen.

Mit geschlossenen Augen begann Eileen Farraday vor sich hin zu murmeln, bevor sie die Arme hob und sprach. „Innig geliebte Miss Sadie, wir sind in Demut hier versammelt, um dich herbeizurufen."

Connie fragte sich nur, wie jemand an solchen Unsinn glauben konnte.

Eileen fächelte weiter mit den Händen und hielt die Augen geschlossen, während sie mit tiefer, sanfter Stimme sprach. „Miss Sadie, wir erwecken deine Stadt wieder zum Leben, aber wir brauchen deine Führung."

Connie warf einen verstohlenen Blick auf Mrs. Neuman und konnte sehen, wie die Frau in der Luft nach etwas Ausschau hielt. Was erwartete die Frau? Eine Stimme? Eine Erscheinung? Wahrscheinlich nahm sie an, dass die verstorbene Miss Sadie, die ursprüngliche Puffmutter und Gründerin der Stadt, gleich ins Zimmer schlendern und sich zu ihr an den

Tisch setzen würde.

„Wenn du uns hören kannst, Miss Sadie, gib uns ein Zeichen."

Alle saßen in völliger Stille da. Connie hatte keine Ahnung, ob dieser verrückte Versuch tatsächlich dazu führen würde, Marla Neuman davon abzubringen, auf ihrem Konzept von Bordell-Bling zu beharren, aber Connie drückte die Daumen. Hoffentlich würde dies nicht damit enden, dass Marla auch darauf bestand, das Parlor House im Bordell-Bling neu zu gestalten.

„Miss Sadie, wenn du uns hörst, klopfe zweimal." Wie Eileen dabei ernst bleiben konnte, war Connie schleierhaft.

Nichts geschah und Connie rechnete damit, dass Marla jeden Moment *Humbug* rufen und davonstürmen würde, wodurch Owen das Budget überziehen müsste, während Connie sich überlegte, wie sie Bordell-Chic erzeugen konnte – denn auf keinen Fall würde sie rosa Fell zur Dekoration verwenden. Connie war gerade bereit zuzugeben, dass ihre Mühen vergeblich waren, und war nur noch einen Zentimeter davon entfernt, aufzustehen und Marla zu sagen, dass sie anfangen würde, Rosa in die Dekoration einfließen zu lassen, als in der Ferne ein leises Klopfen ertönte. Fast alle rissen die Augen auf und lauschten auf weitere Zeichen. Außer Eileen. Die Frau hätte die Hauptattraktion eines Jahrmarkts sein können. Sie spielte ihre Rolle perfekt und hielt die Augen noch immer geschlossen.

Stille breitete sich wieder aus und alle Köpfe wandten sich erneut Eileen zu. Connie musste der Frau Anerkennung zollen. Was für eine Leistung. Bevor ein weiteres Wort gesprochen wurde, ertönten zwei klare Klopfgeräusche vom anderen Ende des Raumes. Nicht, dass Connie an Geister glaubte – das tat sie nicht –, aber trotzdem stellten sich ihre Nackenhaare auf. „Miss Sadie, an alle Ungläubigen im Raum: Klopfe einmal, wenn du es wirklich bist."

Ein kräftiges, lautes Klopfen ertönte als Antwort und Connie zuckte in ihrem Sitz zusammen. Wer klopfte da? Oder könnte es ein was sein?

Erneut legte sich Stille über den großen Raum. Connie verstand nicht, was vor sich ging. War das alles nur eine wunderbare List oder war es an der Zeit, das Weite zu suchen? Sie blickte sich im Raum um und alle starrten aufmerksam auf die Kerze, über der Eileen wieder einmal mit der Hand wedelte. Alle außer Paxton. Sein Gesichtsausdruck sah aus, als hätte man ihn gebeten, gebratenes Stachelschwein zu essen.

„Miss Sadie. Wir brauchen deine Weisheit. Willst du nicht mit uns reden?" Eileen saß weiter mit geschlossenen Augen da.

Plötzlich erloschen die Wandleuchten und eine Person, oder zwei, stießen einen erschrockenen Schrei aus. Connie konnte sich beim besten Willen nicht erinnern, ob die Lampen dimmbar waren. Natürlich mussten sie das sein. Oder etwa nicht? Jemand stand im Schatten und kontrollierte das Licht. So musste es sein, aber so sehr sie sich auch anstrengte, sie konnte im ganzen Raum niemanden erkennen. Im Moment wusste sie nicht, wer mehr Angst hatte, sie oder die Geisterjägerin, deren Blick rasend schnell durch den Raum huschte. Connie hätte Owen suchen und ihn mitbringen sollen.

„Miss Sadie. Es ist jemand hier, der mit dir sprechen möchte. Willst du dich uns nicht zeigen?"

Eine leichte Brise wehte über den Tisch und ließ die Kerze flackern. Connie hörte ihr eigenes Einatmen und das von Ruth Ann neben ihr. Würde es irgendjemandem auffallen, wenn sie von ihrem Sitz glitt und zur Tür hinauskroch?

Zu jeder anderen Zeit oder an jedem anderen Ort hätte das Geräusch von etwas in der Ferne leichte

Neugier geweckt. Jetzt, in dem stockfinsteren Raum, erschreckte sie jedes Geräusch fast zu Tode. Als ein weiterer Luftzug, ein stärkerer als der vorherige, über den Tisch wehte, lief ihr ein Schauer über den Rücken. Das war verrückt. Ihre Fantasie ging mit ihr durch. Was war schon dabei, wenn es in einem alten Bordell zugig war? Was war schon dabei, wenn es knarrte? In alten Häusern war das normal. Was war schon dabei, wenn das Porträt einer Puffmutter aus dem neunzehnten Jahrhundert durch die Luft schwebte ... *schwebte*?

Erst in diesem Moment verstand Connie, was es bedeutete, wenn jemandem das Herz bis zum Hals schlug. Sie kniff die Augen fest zusammen, und als sie ein Auge öffnete, sah sie das Porträt von Miss Sadie, das im Foyer gehangen war, auf einem leeren Stuhl sitzen.

„Oh je." Sissy war so blass wie, nun ja, ein Geist geworden.

Connie war sich ziemlich sicher, dass sie selbst auch nicht besser aussah. Wenn das alles Eileen Farradays Werk war, wie genau hatte sie es angestellt?

„Sprich mit uns, Miss Sadie."

Das Porträt neigte sich nach links und nach rechts, und Connie tat ihr Bestes, um die Fäden zu finden. Es musste Fäden geben. Nur wo waren sie?

Eileen stieß einen theatralischen Seufzer aus. „Oder wollen wir uns auf Klopfen einigen?"

Zwei weitere Klopfgeräusche ertönten an einer gegenüberliegenden Wand und Sisters Augen weiteten sich so sehr, dass Connie nur noch einen weißen Rand um die dunklen Iris herum sehen konnte.

„Sehr gut", fuhr Eileen fort. „Bist du zufrieden mit der Arbeit, die die Schwestern in deinem Bordell geleistet haben?"

Zweimal klopfte es an derselben Wand und die Schwestern stießen einen Seufzer der Erleichterung aus.

„Gut. Gut. Und das Hotel?“

Noch zwei Klopfgeräusche.

„Gefällt dir das Hotel?“ Diesmal war es Marla, die es wagte, etwas zu sagen. Als zwei weitere Klopfgeräusche ertönten, verengten sich Marlas Augen, während sie das Gemälde anstarrte. „Das glaube ich nicht.“

Daraufhin stöhnte Eileen laut auf, ihr Rücken versteifte sich und zum ersten Mal riss sie die Augen weit auf, als hätte sie selbst einen Geist gesehen. „Es ist ein wütender Geist im Zimmer.“

Oh, verdammt. War es nicht schlimm genug, dass es tanzende Porträts gab? Connie musste sich zusammenreißen, aber das war einfach zu unheimlich für ihren Geschmack.

„Wer bist du, Geist?“

„Miss Sadies einstiger Liebhaber.“ Die eindeutig männliche Stimme ließ alle am Tisch erstarren, und Ruth Ann drückte Connies Hand fester. „Sadie gehört mir. Ihr könnt sie nicht haben.“

Connie schluckte schwer, als Ruth Ann ihr fast die Finger zerquetschte.

„Dir?“, quietschte Eileen fast. Es war das erste Anzeichen von Emotionen, das die Matriarchin der Familie seit Beginn der Séance zeigte. Es erschreckte sie so sehr, dass Connie das Gemälde noch einmal betrachtete und verzweifelt nach Drähten suchte, oder irgendetwas anderem, das bewies, dass all das eine einzige große Farce und kein Raum voller Geister war.

„Ihr könnt ihre Stadt und die Touristen haben, aber ich behalte Sadie.“

„Aber wir brauchen sie für das Hotel“, rief Marla. Der Blick in den Augen der Frau hatte sich von neugierig zu verzweifelt gewandelt.

Zuvor war nur eine kühle Brise durch den Raum geweht, jetzt drang ein starker Wind herein, der die Enden der Tischdecke hob und Connie eine Gänsehaut über die Arme jagte.

„Nein", brüllte die wütende Stimme, als ein heller Blitz hinter Eileen aufleuchtete. Das Licht erhellte ein Gesicht. Das Gesicht eines Mannes. „Lass Sadie in Ruhe. Lass das Hotel in Ruhe. Verschwinde."

Marla war jetzt so weiß wie Sissy und Sister. Als sie scheinbar ihre Sinne wieder gesammelt hatte, blinzelte sie in Richtung der Erscheinung hinter Eileen an. Ihr Mund klaffte auf, ihre Augen weiteten sich und sie drehte sich zu Paxton und dann wieder zu der Erscheinung. Erneut wandte sie sich Paxton neben sich zu und rief: „Das bist du!"

„Ich?" Der arme Paxton wirkte eher verwirrt als besorgt. Zu schade, dass Connie nicht dasselbe sagen konnte. Sie war sich überhaupt nicht mehr sicher, was von all dem Eileen Farradays Werk war und ob es gerade sinnvoller wäre, sich aus dem Staub zu machen.

„Ja." Marla hob einen Arm und stieß ihn in die Seite, dann drehte sie ihren Kopf zurück in Richtung der grimmigen Stimme. „Ich … ich verstehe nicht. Der Geist sieht genauso aus wie du."

„Lass meine Nachkommen in Ruhe. Noch besser: Verschwinde einfach."

Jetzt verkrampfte sich die Geisterjägerin auf ihrem Sitz, drehte sich zu Paxton um und wieder zu der nun dunklen Stelle, von der aus ein gut beleuchtetes Farraday-Gesicht auf sie herabgestarrt hatte. Farbe kehrte in ihr Gesicht zurück und ihre Schultern versteiften sich vor Empörung. „Nun, ich werde nicht – "

Wie ein Blitz ging das Licht unter dem vertrauten Gesicht an und die wütende Stimme wurde lauter. „Geh nach Hause." Als sie sich nicht rührte, hob sich ein Stuhl auf der anderen Seite des Raumes in die Luft und fiel krachend wieder herunter. Wieder suchte Connie nach einer Person im Schatten, nach irgendwelchen

Anzeichen von Fäden, aber nichts. Ihr Mund war trocken geworden und ihre Handflächen waren verschwitzt.

Die Stimme dröhnte erneut: „Ich sagte, verschwinde!"

Der Lichtblitz erlosch, die Lichter gingen an und überraschend warme Luft wehte aus den Lüftungsschächten. Connie war bereit, sich einer sturen Geisterjägerin zu stellen und ihr sanft oder auch nicht so sanft zu erklären, dass ihr Verbleib in Sadieville den Geist verärgern könnte, aber da sie Marla Neumans Absätze bereits laut im Flur klappern hörte, musste sie offenbar kein weiteres Wort sagen. Connie blickte zu Paxton, der sich ein Lächeln zu verkneifen schien und nichts weiter als ein träges Achselzucken zu bieten hatte. Die Wangen von den Ruth Ann und den Schwestern bekamen langsam wieder Farbe, aber Connie hatte immer noch keine Ahnung, was zum Teufel gerade passiert war. Was auch immer es gewesen war, sie war froh, dass die Farradays auf ihrer Seite waren.

„Oh Mann, ich hätte nicht gedacht, dass das so viel Spaß machen würde." Owen legte die Taschenlampe zurück in die Schublade und wandte sich an Kyle, eines der Pflegekinder. Der Junge hatte ihn und Tante Eileen zielstrebig die Straße entlanglaufen sehen und gefragt, wohin sie gingen, da das Duell jeden Moment auf der Straße ausgetragen werden sollte.

Seine Tante hatte den Jungen von oben bis unten gemustert und ihre Hände in die Hüften gestemmt. „Kannst du gut Geheimnisse bewahren?"

Der Junge hatte genickt.

„Uns wie steht es mit Streichespielen?"

Das Lächeln des Jungen hatte sich bis zu beiden Ohren ausgebreitet. „Das ist einfach."

Tante Eileen hatte genickt. „Hast du noch einen Freund, der auch gut Geheimnisse bewahren kann? Vielleicht ein bisschen kleiner als du?"

„Vielleicht?" Pflegekinder waren offenbar nicht sehr vertrauensselig, oder vielleicht war das richtige Wort leichtgläubig. Schließlich hatte Owen dem Vorhaben seiner Tante zugestimmt, ohne Fragen zu stellen. Dieser Junge war vielleicht schlauer als er.

„Gut." Tante Eileen hatte genickt. „Hol ihn und triff mich dort hinter dem Parlor House. Und renn. Wenn ihr das richtig macht, ist für jeden von euch ein Zwanziger drin."

Der Junge hatte sich schnell umgedreht und war die Straße hinuntergerannt, um ein paar Minuten später mit einem kleinen Jungen an seiner Seite wieder aufzutauchen. Seine Tante hatte eine Weile gebraucht, um schwarze Kleidung in der richtigen Größe aus dem Handelszentrum zu holen. Mit schwarzen Jeans und auf links gedrehten schwarzen Langarm-T-Shirts sahen die Jungs aus wie in einem Halloween-Skelettkostüm ohne Knochen. Selbst jetzt hatte er keine Ahnung, wie sie so kurzfristig das perfekte Kostüm zusammengeschustert hatte, um die Kinder im Dunkeln zu verstecken, doch sie hatte es geschafft.

Und die Jungs hatten genau das getan, was sie ihnen gesagt hatte. Der kleinere hatte das Porträt ins Zimmer getragen. Kyle war derjenige gewesen, der das Licht ausgeschaltet und auf Befehl an die Wand geklopft hatte. Zudem hatte er einen Ventilator über einen Eimer Eiswasser blasen lassen, um die Temperatur zu senken. Natürlich hatte er auch die Klimaanlage herunter- und wieder hochgefahren und damit den wütenden Geist wunderbar imitiert. Was

Owens Rolle anging, so hatte seine Tante darauf bestanden, dass ein lebender und ein toter Paxton die Geisterjägerin erfolgreich in Angst und Schrecken versetzen würde. Natürlich hatte seine Tante damit recht gehabt.

„Was zum Teufel habt ihr mit Mrs. Neuman gemacht?" Valerie war ins Parlor House geeilt. „Ich habe gerade mit Mr. Neuman gesprochen. Er hat mir zugestimmt, dass die Zahlen richtig waren und die Risikobewertung stimmte, ebenso wie der Erfolg des Hotels und der Show. Doch wenn seine Frau Pink wollte, dann sollte seine Frau Pink bekommen. Ich hätte fast geweint. Aber dann kam Mrs. Neuman angerannt, packte ihren Mann am Arm und zerrte ihn zur Limousine auf dem Parkplatz. Sie rief mir über die Schulter zu, wir sollen das Hotel so lassen, wie es ist, und mit der Stadt machen, was wir wollen."

Das Einzige, was mehr Staub aufwirbelte als Mrs. Neumans Limousine, die mit der Geschwindigkeit eines Formel-1-Rennwagens vom Parkplatz fuhr, waren die Longhorns, die sich auf den Weg zur Hauptstraße machten, wo der improvisierte Viehtrieb durchgeführt werden würde.

Tante Eileen drängte sich neben Valerie und wandte sich an die beiden Jungen an Owens Seite. „Hier, Jungs. Zwanzig pro Person, wie versprochen, und eine Prämie für die gute Arbeit. Geht jetzt wieder zu euren Freunden und genießt euren Tag."

„Ich wiederhole", Valerie blickte Owen an, „was ist passiert?"

Tante Eileen zuckte mit den Schultern. „Sie wollte Geister. Also haben wir ihr Geister gegeben."

KAPITEL SIEBZEHN

Immer noch kostümiert saßen die meisten Farradays, der Ladies-Club und die Schwestern am Abend des letzten Tages des Palooza in den Schaukelstühlen auf der hinteren Veranda der Farraday-Ranch.

Connie stammte aus einer Großfamilie und hatte immer gedacht, dass sie sich ziemlich nahestanden, aber sie bezweifelte, dass sie auch nur annähernd so sein könnten wie dieser Clan. Doch der durchschlagende Erfolg des Palooza, oder die Tatsache, dass die unterschiedlichen Persönlichkeiten in den verschiedenen Familienunternehmen nie aneinandergerieten, oder die Art und Weise, wie die Familie es im letzten Moment geschafft hatte, die Bordell-Geisterjägerin zu verscheuchen, verblassten, wenn man sah, wie alle trotz dieser anstrengenden Tage in der Ruhe des Abends Liebe, Freundschaft und Verbundenheit teilten.

„Ich finde, das sollten wir jedes Jahr machen." Eileen nippte an ihrem Drink.

Owen zog eine Augenbraue hoch. „Die Séance?"

„Nun", lächelte Eileen, „ich schätze, wir könnten eine Art Show für Touristen veranstalten, aber ich meinte das Palooza. Die Kinder hatten so viel Spaß."

„Den hatten sie." Sean nickte. „Ein paar Kinder, die am ersten Tag noch furchtbar ruhig wirkten, sind heute richtig aus sich herausgekommen, als sie nach Hause fuhren."

„Wer weiß, vielleicht haben wir in ein paar Jahren

einen Haufen guter Cowboys." Finn tätschelte das Knie seiner Frau und nippte an seinem Bier.

Joanna lächelte ihren Mann an. „Wenn man einmal im Ranchgeschäft ist, lässt es einen nicht mehr los."

„Hört, hört." Sean hob seine Bierflasche zu einem Toast. „Auf das Ranchleben."

Mehrere Stimmen stimmten im Chor in die Worte des Mannes ein.

Connie hätte fast *Auf die Familie* hinzugefügt.

„Gibt es Neuigkeiten von den Sponsoren?" Paxton wandte sich an Valerie.

„Nein."

„Oh, oh", murmelte Meg.

Valerie schüttelte den Kopf. „Überhaupt nicht. Es sind volle achtundvierzig Stunden vergangen, seit ihr die dämliche Ehefrau erfolgreich verjagt habt. Wenn es ein Problem gegeben hätte, Wochenende oder nicht, hätte ich es inzwischen erfahren."

„Du glaubst also nicht, dass wir abgesetzt werden?", fragte Paxton.

„Abgesehen von Marlas Faszination für Bling-Bling sind die Sponsoren sehr zufrieden mit den Einschaltquoten der Show. Vor diesem Wochenende gab es Gerüchte darüber, dass es eine weitere Staffel geben wird."

„Eine weitere Staffel?", wiederholten mehrere Stimmen.

Valerie zuckte mit den Achseln. „Seid nicht so schockiert. Ich habe euch allen gesagt, dass es eine großartige Prämisse ist."

„Ja", nickte Morgan, „aber es gibt nicht mehr so viele Gebäude in dieser kleinen Stadt."

„Ich schätze, wir müssen uns einfach etwas anderes einfallen lassen, das die *Construction Cousins* renovieren können."

Sie war sich nicht sicher, welcher der Brüder

stöhnte, aber den Gesichtsausdrücken von Paxton und Quinn nach zu urteilen, war das Fernsehbaugeschäft vielleicht nicht ganz so rosig. Oder vielleicht wurde es den Brüdern langsam langweilig, zwischen mehreren Staaten hin und her zu reisen. Sie musterte die Leute auf der Veranda. Dieser Ort und diese Familie wuchsen einem definitiv ans Herz.

„Zu schade, dass Onkel Patrick nicht länger bleiben konnte." Adam ließ seinen Stiefel auf sein Knie fallen. „Ich kam kaum dazu, Hallo zu sagen."

„Was mich daran erinnert." Eileen stand auf und huschte hinein und kam Sekunden später wieder heraus. Sie setzte sich auf ihren Platz und reichte ihrem Mann ein altes Fotoalbum. „Ich habe dieses alte Album gefunden. Es ist von damals, als du und deine Cousins noch klein waren."

Ein Anfall von Traurigkeit huschte über Sean Farradays Gesicht, bevor er sich aufrichtete und ein Lächeln aufsetzte, auf eines der Fotos tippte und das Album Paxton neben ihm reichte. „Ich glaube, er kommt jetzt zurück."

Während die meisten Texas-Farradays zustimmend nickten, schienen die Geschwister aus Oklahoma weniger überzeugt. Insbesondere Paxton stach heraus und blickte seinem Zwillingsbruder in die Augen. Die beiden starrten sich einen Moment lang an, und nickten dann schließlich wie wahre Spiegelbilder, während sie im Chor Seufzer ausstießen. Komisch, wie sich die beiden Brüder so ähnlichsehen konnten, und es doch nicht Paxton war, der ihr Schmetterlinge in den Bauch zauberte und ihr Herz höherschlagen ließ. Als Paxton wieder auf das Album blickte, pfiff er. „Heilige Scheiße."

„Was?" Sean Farraday sah zu seinem verblüfft dreinblickenden Neffen auf.

„War Dad früher mit Tante Anne zusammen?"

Paxton reichte Owen das Album.

Owen betrachtete die Fotos und blätterte eine Seite um. „Warte. Nicht nur zusammen. Verlobt." Er hob plötzlich den Kopf. Jetzt starrten alle Farradays aus Oklahoma ihren Onkel mit leicht geöffneten Mündern an.

Sean Farraday zuckte mit den Schultern. „Schnee von gestern. Das ist schon so lange her."

„Hat Mom davon gewusst?" Morgan nahm das Album an sich. „Denn falls nicht, könnte das sicherlich ihre Besessenheit erklären, aus Texas fernzubleiben."

„Das ist es nicht." Der Patriarch schüttelte den Kopf. „Sie wusste davon, aber zu diesem Zeitpunkt waren Anne und Brian bereits sehr glücklich verheiratet und hatten Ian bekommen. Und dein Vater war offensichtlich bis über beide Ohren in deine Mom verliebt. Das war es also nicht."

Eileens Mund verzog sich zu einer geraden Linie und Besorgnis flackerte in ihren Augen auf, als sie ihren Mann musterte. Sie schlug die Hände auf die Knie und richtete sich auf. „Ich sage, es ist Zeit für den Nachtisch. Wer Appetit hat, folgt mir in die Küche."

Natürlich strömten fast alle auf der Veranda ihrer Tante in die Küche hinterher. Morgan klappte das Album zu und die Brüder blickten sich an. Owen zuckte als erster mit den Achseln und trat einen Schritt zurück. Connie war kaum vom Schaukelstuhl aufgestanden, als Owen neben sie trat. „Bleib eine Minute."

Sie hatte keine Ahnung, was er wollte, aber eines wusste sie: Wenn er sie gebeten hätte, den Mond mit einem Lasso einzufangen, hätte sie es versucht.

Den ganzen Abend hatte Owen beobachtet, wie Connie mit den Mitgliedern seiner Familie umging. Die Frau war wirklich erstaunlich. Sie war mit der ganzen – soweit es ihn betraf, wirklich verrückten – Séance-Sache wirklich gelassen umgegangen.

Er wartete, bis er und Connie die einzigen auf der Veranda waren, und näherte sich ihr. „Wollen wir spazieren gehen?"

Sie nickte. Nachts ohne Vollmond war das Grundstück fast stockfinster. Die meisten Familienmitglieder konnten nur aufgrund ihres Muskelgedächtnisses vom Haus zur Scheune gehen, ohne vom Weg abzukommen. Dankbar für eine Ausrede, ihre Hand zu halten, streckte er seinen Arm aus, um ihr von der Veranda in die Dunkelheit des unbeleuchteten Fußwegs zu helfen. Als hätte man ihn mit Namen gerufen, erschien Gray aus dem Nichts und gesellte sich an ihre Seite.

„Süßer Hund." Connie hielt inne, um ihn hinter den Ohren zu kraulen.

Aus den Augenwinkeln entdeckte Owen seine Tante am Küchenfenster. Zweifellos hatte sie sie und den Hund beobachtete. Er liebte seine Tante, aber sie war besessen von Grays Fähigkeiten als Kuppler. Der Hund war einfach nur, nun ja, ein Hund. Und trotzdem, als er hier mit Connie spazieren ging, dachte er zum ersten Mal in seinem Leben, dass die Zeit für sie beide stehenbleiben sollte.

Seine Brüder und er hatten die nächsten geschäftlichen Schritte besprochen, sowohl die der Show als auch die der anderen Projekte. Und sie hatten über ihre Mutter geredet. Seit sein Vater Oklahoma verlassen hatte, hatte sie wenigstens aufgehört, sein Telefon zu terrorisieren. Hoffentlich konnte sein Vater sie ein wenig zu Vernunft bringen, ansonsten würde sie die Hochzeit von Neil und Nora verpassen. Dieses Mal kam die Braut aus Tuckers Bluff, aber seine Mutter und ihre Beziehung zu Texas waren Stoff für einen anderen Tag.

Connie hob das Gesicht. „Egal, an wie vielen Nächten ich in diesem Teil des Staates in den Himmel schaue, die Schönheit überrascht mich immer wieder aufs Neue. So viele Lichter.“

„Es ist wunderschön. Ich muss zugeben, das Leben hier draußen gefällt mir immer besser.“

Ihr Gesicht wandte sich gen Himmel. „Ich verstehe, warum.“

„Wir, ähm, diskutieren darüber, mehr Jobs in dieser Gegend anzunehmen und weniger in unserem Heimatstaat.“

„Wirklich?“ Ihr Gesichtsausdruck blieb ausdruckslos und verriet ihm nicht, wie sie sich fühlte.

Er nickte. „Wirklich. Wir haben uns auch, also, ich habe mich auch gefragt, ob dir diese Sterne genug gefallen, um hier an weiteren Projekten zu arbeiten.“

„Das hat weniger damit zu tun, wie ich über den Himmel in West-Texas denke, sondern mehr damit, wohin Harriet mich schickt.“

„Ja, also.“ Er legte die Hand um seinen Nacken. „Diesbezüglich.“

Ihr Blick blieb auf ihn gerichtet.

„Du hast mir gesagt, dein Traum als Kind war es, dich einmal selbständig zu machen.“

Sie nickte.

„Was wäre, wenn du mit uns arbeiten würdest?“

„Das mache ich schon.“

„Ich meine nicht für Harriet. Ich meine für dich.“

Sie kniff die Augen zusammen, runzelte die Stirn und hielt inne, um über seine Worte nachzudenken.

„Die *Farraday-Brothers* würden nur noch deine Firma für die Gestaltung der Inneneinrichtung bei unseren Kunden nutzen. Kunden, die immer häufiger hier aus Texas kommen werden.“

„Warte." Ihre Augen weiteten sich und ihr Mund öffnete sich leicht. „Du willst, dass ich meine eigene Firma gründe und ausschließlich für euch arbeite?"

„Oh nein. Du kannst für jeden arbeiten, für den du willst, wir wären diejenigen, die ausschließlich mit dir zusammenarbeiten. Auf diese Weise hättest du immer ein gesichertes Einkommen."

„Warum tust du das?" Dunkelbraune Augen starrten ihn eindringlich an.

Er vermutete, dass *weil ich dich liebe* nicht die richtige Antwort war. „Weil du gut bist."

„Danke, aber Harriet ist auch gut. Warum ich? Warum nicht Tammy?"

„Ich liebe Tammy –"

Connies Augen weiteten sich und er ruderte sofort zurück.

„Als Freundin. Ich liebe sie als Freundin. Aber alle sind sich einig, dass du besser bist als Tammy, und Harriet hat auch ohne uns genug Arbeit."

„Hat sie." Connie starrte wieder in den Himmel. „Darüber müsste ich nachdenken. Es ist ein großer Schritt, einen Vollzeitjob aufzugeben, um einen Traum zu verfolgen."

„Träume sind es immer wert, verfolgt zu werden." Er trat näher, legte seine Arme um ihre Taille und beugte sich vor. In dem Moment, als seine Lippen die ihren trafen, bestätigten sich alle Gedanken, die er über seine Gefühle für Connie gehabt hatte. Ohne jeden Zweifel war sie die Frau für ihn. Er wünschte, er könnte sie jetzt und für immer so unter den Sternen küssen, aber seine pragmatische Seite wusste es besser. Er gab ihr noch einen letzten Kuss auf diese weichen, anschmiegsamen Lippen und trat einen Schritt zurück. „Ich weiß nicht, ob das einen Unterschied macht oder ob es dich vertreiben wird, aber ich bin dabei, mich Hals über Kopf in dich zu verlieben."

Sie blinzelte. „Bietest du mir deshalb die Chance, meinen Traum von einem eigenen Unternehmen zu verwirklichen?"

Er strich ihr mit dem Daumenballen über die Wange und schüttelte den Kopf. „Auf keinen Fall. Ich bin ein Zahlenmensch durch und durch und vergebe kein falsches Lob. Ich biete dir eine Zusammenarbeit an, weil du wirklich gut in dem bist, was du tust. Und vielleicht", er legte lächelnd den Kopf in den Nacken, „hat es auch geholfen, dass du Schläge so gut einstecken wie austeilen kannst. Nicht jeder kann mit Tante Eileen mithalten, sich gegen die Marla Neumans dieser Welt behaupten oder meinen Kontrollzwang bei den Ausgaben ertragen. Ob du das Angebot annimmst oder ablehnst, meine Gefühle für dich werden sich dadurch nicht ändern."

Ein strahlendes Lächeln breitete sich auf ihrem Gesicht aus und ihre Augen leuchteten auf. „Gut so, denn ich fühle genauso." Sie schlang die Arme um seinen Hals. „Ich werde dir folgen, wohin du auch gehst."

„Das hatte ich gehofft."

Gray setzte sich auf seine Hinterläufe und stieß ein lautes, kurzes Bellen aus. Während Owen sie für einen weiteren Kuss erneut in seine Arme zog, kam ihm der Gedanke, dass seine Tante und dieser Hund vielleicht, nur vielleicht, etwas wussten, was allen anderen verborgen blieb.

EPILOG

„Ich habe mich in meinem ganzen Leben noch nie so über die Fertigstellung eines Projekts gefreut." Connie stand mitten auf der Straße und starrte auf das leuchtend rosa Band, das vor dem Hotel Grande von Pfosten zu Pfosten gespannt war.

„Der Name passt zum Ort." Paxton und die anderen Farradays hatten wenig mit der Namensgebung des Hotels zu tun gehabt. Am Ende hatte der Stadtrat ein Angebot für das Hotel erhalten, das sie einfach nicht hatten ablehnen können. Obwohl sie noch keinen Vertreter des neuen Unternehmens persönlich gesehen oder getroffen hatten, schien das Managementteam, das geschickt worden war, um die Details auszuarbeiten, die kleinen Dinge, die ein gewöhnliches Luxushotel von einem Fünf-Sterne-Luxushotel der Extraklasse unterschieden, genau zu verstehen. Sogar Paxton hätte nichts gegen ein ruhiges Wochenende in einem der Zimmer einzuwenden. Einführungspreise sollten gelten, bis das Hotel und das Spa vollständig für die Gäste bereit waren, was einen kurzen Aufenthalt für einen gewöhnlichen Arbeiter praktikabler machte. Dennoch glänzte das Hotel mit extravaganter, aber schlichter Einrichtung. Connie hatte jedes kleinste Detail perfekt hinbekommen. Pax war davon überzeugt, dass es das geniale Design seines Bruders und Connies Verpackung waren, die den Verkauf so einfach gemacht hatten. Der Stadtrat war glücklich, der

Fernsehsender war glücklich, die Sponsoren waren glücklich. Alles in allem ein rundum guter Tag.

„Komm schon", Owen drückte Connies Hand und zog sie nach vorne, „Zeit, das Band durchzuschneiden."

„Ich doch nicht." Sie trat einen Schritt zurück. „Ich bin nur die Innenarchitektin."

Owen lehnte sich an sie und küsste sie sanft auf die Schläfe. „Habe ich es dir nicht gesagt?"

Sie hob ihren Blick, um ihn anzusehen, und verengte die Augen. „Mir was gesagt?"

Pax trat einen Schritt zurück und schüttelte den Kopf. Wann würde sein Bruder lernen, dass es nie eine gute Idee war, den Frauen in seinem Leben in letzter Minute etwas aufzudrängen.

„Er wird es noch lernen." Tante Eileen stieß ihren Neffen mit dem Ellenbogen an und lächelte.

„Was lernen?" Seine Tante hatte viele Talente, aber er weigerte sich zu glauben, dass Gedankenlesen eines davon war.

Sie kicherte. „Es ist nicht gut, Geheimnisse vor dem Partner oder der Partnerin zu haben, besonders solche, die eine öffentliche Zurschaustellung beinhalten."

Okay, Pax seufzte, vielleicht konnte die Frau doch Gedanken lesen. Zumindest ein bisschen. Aber nichts davon änderte etwas an dem Gemurmel zwischen seinem Zwilling und dessen neuer Liebe. Wenn Pax jedoch nach den Sternen in den Augen der beiden ging, würde dies eine weitere lebenslange Liebe werden, wie sie auch seine Brüder und seine Cousins gefunden hatten.

Ein paar weitere Augenblicke später küsste Owen sein Mädchen ganz leicht, und nickte ihr zu. Als sie das Nicken erwiderte, wusste Pax, dass Connie gerade zugestimmt hatte, beim Durchschneiden des Bandes zu helfen. Alle Brüder waren sich einig, dass Neil einen brillanten Plan entwickelt hatte, um das verfallene alte Gebäude ins einundzwanzigste Jahrhundert zu bringen, aber es war Connies Verständnis des Projekts und ihr Auge fürs Detail gewesen, die Neils Entwürfe zum Leben erweckt hatten. Es war nur vernünftig, dass sie beim Durchschneiden des Bandes dabei war. Es war nur nicht so schlau von seinem Bruder gewesen, bis zur letzten Minute zu warten, um ihr das mitzuteilen.

„Sie sind wirklich ein süßes Paar." Tante Eileen stand seitlich neben ihm und sah zu, wie Neil, Connie und der Bürgermeister von Tuckers Bluff die riesigen Scheren hielten und das Band durchschnitten.

Als das Band zu Boden fiel, wirbelte Connie herum und schlang ihre Arme um Owens Hals. Die beiden gaben sich einen kurzen, aber süßen Kuss auf die Lippen, bevor sie Händchen haltend das Gebäude betraten. Der Anblick brachte Pax' Herz zum Pochen. Sein ganzes Leben lang waren er und Owen ein Team gewesen. Pax liebte alle seine Brüder und kam gut mit ihnen aus, aber Owen war anders, besonders. Sie waren in vielerlei Hinsicht fast wie ein und dieselbe Person. Sie würden immer eine besondere Verbindung haben, aber Pax wusste, dass die Dinge trotzdem nie wieder ganz so sein würden wie früher. Connie würde der größere Teil von Owens Leben sein. Und Pax war damit einverstanden. Aber es würde trotzdem ein wenig dauern, sich daran zu gewöhnen.

„Sollen wir?" Tante Eileen streckte ihren Ellbogen aus. „Toni hat ihre Mini-Boston-Cream-Tartes gemacht."

„Oh, diese Frau kann backen." Er nahm den Arm seiner Tante so, dass ihre Hand seinen Unterarm berührte, und trat einen Schritt vor. Das Eröffnungs-komitee hatte das leere Gebäude nebenan beschlagnahmt, das später das Spa werden sollte. In der Mitte war, umringt von Cafétischen, eine große

Tanzfläche aus Holz aufgebaut worden. Auf einer Seite spielte eine Band sanfte, aber stimmungsvolle Melodien, während die Leute ihre Teller mit dem Essen füllten, das das Pub, das Café und Molly bereitgestellt hatten. Eine Kostprobe der besten Gerichte der Gegend.

„Jemand muss diese Party in Gang bringen." Tante Eileen blickte Pax in die Augen. „Lust die Tanzfläche einzuweihen?"

„Ich?" Er hätte beinahe laut gelacht. „Ich schätze, du hast es noch nicht gehört. Ich habe zwei linke Füße. Mir wurde bei Hochzeiten verboten, in einer Menschenmenge zu tanzen."

Seine Tante brach in schallendes Gelächter aus. „Oh, so schlimm kann es nicht sein."

„Oh, das kann es. Vertrau mir." Er zeigte auf Owen. „Er hat das Gen für die heiße Sohle geerbt."

In diesem Moment nahm Owen Connies Hand in seine und neigte seinen Kopf in Richtung des Bandleaders, und mit dem ersten Beat des schnellen Rhythmus schwangen die beiden das sprichwörtliche Tanzbein.

„Oh, meine Güte." Tante Eileens Kinnlade fiel herunter. „Das war kein Scherz."

„Nein."

Der Blick seiner Tante durchsuchte den Raum. Als ihr Blick auf Onkel Sean fiel, wurde ihr Lächeln breiter und jeder Idiot konnte die Liebe spüren, die durch den Saal strömte. Einen Moment später hatte sein Onkel den Raum durchquert und seine Frau auf die Tanzfläche begleitet. Offenbar hatten Onkel Sean und Owen das Tanz-Gen von demselben Vorfahren geerbt. Vielleicht könnte seine Tante ihm ein oder zwei Schritte beibringen. Die meisten Frauen, die er kannte, schienen gerne zu tanzen. Obwohl die Tanzfläche sich schnell füllte, waren sein Bruder und sein Onkel und ihre Frauen die einzigen beiden Paare auf der

Tanzfläche. Der Rest waren Ladies, die herumhüpften und lachten, als wären sie wieder junge Teenager.

Ein langsameres Lied erklang und sein Bruder wirbelte Connie an sich und ließ sie, genau wie im Film, in seine Arme sinken. Pax konnte tatsächlich das freudige Ringen nach Luft mehrerer Frauen hören, die um ihn herumstanden. Als Owen sie hochhob und inniger küsste, als er es seinen Bruder je in der Öffentlichkeit hatte tun sehen, bekräftigte dieses Manöver Pax' Verdacht, dass sich ein weiterer seiner Brüder Hals über Kopf verliebt hatte. Und der einzige Gedanke, der in seinem entspannten und freigeistigen Junggesellenkopf herumschwirrte, war: *Wäre das nicht schön?*

EXCERPT: PAXTONS

ÜBERRASCHENDES FAMILIENGLÜCK

„Und … Schnitt.“

Jetzt, wo die Kameras nicht mehr liefen, lehnte sich Paxton Farraday nach links und dann nach rechts und streckte den Rücken. Obwohl er argumentiert hatte, dass es nicht nötig wäre, den Umbau des Hotelbadezimmers zu filmen, da diese Folge bereits abgedreht war, bekam die Produktionsfirma, was sie wollte. Es war schlimm genug, dass er jeden seiner Geburtstage spürte, es gab keinen Grund, auch noch seinen schmerzenden Rücken zu filmen, so dass die ganze Welt es sehen konnte.

„Ich hasse es, Badewannen einzubauen.“ Quinn, Paxtons nächstälterer Bruder – die fünf Minuten, die Owen ihm voraus hatte, nicht mitgerechnet – ließ seine Schultern kreisen. Anscheinend war er nicht der Einzige mit Altersproblemen. „Eine einfache Badewanne ist nicht so schlimm, aber diese verdammten All-in-One-Teile haben ihren eigenen Kopf.“

„Ja, erinnere mich daran, mich nie wieder darüber zu beschweren, Säcke mit Mulch oder Bäume zu schleppen. Badewannen herumzutragen und einzubauen ist moderne Folter.“ Er ließ seinen Rücken knacken. „Richtig schmerzhaft.“

„Einverstanden.“ Quinn nickte. „Das nächste Mal können die Jüngeren diese Dinger schleppen.“

Das Kamerateam zog sich zurück. Jemand rief Mittagspause und Valerie, Morgans Frau und Produzentin der Show, eilte gekleidet mit einem Schlapphut und einer großen Sonnenbrille – das einzige Überbleibsel aus ihren modischen Tagen in Los Angeles – auf sie zu. „Ausgezeichnete Aufnahmen, Jungs. Das Feedback der Geldgeber bezüglich der letzten paar Episoden war großartig und der Internet-Hype bei der Fangemeinde geht durch die Decke. Jetzt müssen wir über diese Off-Camera-Bauarbeiten reden."

Paxton wechselte einen Blick mit Quinn. „Off-Camera-Bauarbeiten?"

Ihr Blick verengte sich und die Frau seines Bruders Morgan ließ ihre Hände auf ihre Hüften sinken. „Lest ihr beide keine meiner Memos?"

„Natürlich tun wir das." Stirnrunzelnd sprach Quinn, bevor Paxton zugeben konnte, dass er vielleicht ein paar nur überflogen hatte.

Obwohl Valerie lächelte, war ihre Frustration über ihre Schwäger deutlich zu erkennen. „Die Show wurde angesprochen, ob sie den Bau eines neuen Hauses für eine bedürftige Familie finanzieren würde. Da die Einschaltquoten für das renovierungsbedürftige Gehöft so hoch waren, dachten die Verantwortlichen, ein ähnliches Projekt für wohltätige Zwecke wäre eine großartige Werbung. Sie waren ganz scharf darauf."

Als er darüber nachdachte, erinnerte sich Paxton daran, dass er in einem ihrer nicht enden wollenden Memos den Namen einer bekannten Wohltätigkeitsorganisation entdeckt, aber den Rest nur überflogen hatte. „Da muss ich die Einzelheiten übersehen haben, aber du weißt doch, dass wir immer bereit sind zu helfen. Im Rahmen des Zumutbaren."

Quinn nickte. „Einverstanden. Aber abseits der Kamera? Wie soll das die Einschaltquoten der Show steigern?"

„Vielleicht gibt es ab und zu ein Kamerateam für Social-Media-Videos. Jetzt, wo wir diese Staffel fast beendet haben, werdet ihr, sobald wir die Abschlussfolge gedreht haben, jede Menge Zeit für das Projekt haben.“

Viel Zeit? Paxton hatte nichts dagegen, jemandem zu helfen, der eine schwierige Phase durchmachte, aber die Baufirma hatte für die Staffelpause genügend Projekte von hier bis Oklahoma und zurück in ihrem Terminplan. „Wir sollten besser Owen suchen, aber können wir das nicht irgendwo anders als in diesem engen Badezimmer besprechen?“

Valerie sah sich um und kicherte. „Guter Punkt. Lasst uns nach draußen gehen.“

Paxton folgte ihr mit Quinn. Sie ließen sich an einem Picknicktisch neben Mollys Imbisswagen nieder.

Valerie stellte ihre Thermoskanne auf den Tisch und blickte von einem Bruder zum anderen. „Das Gebäude ist Standard. Drei Schlafzimmer, zwei Bäder und eine Garage für zwei Autos. Eingeschossig. Ungefähr hundertzwanzig Quadratmeter. Kinderleicht.“

Paxton hätte beinahe gelacht. So wie seine Schwägerin die anstehende Aufgabe beschrieb, klang Hausbauen wie Legospielen.

Er warf Quinn einen Blick zu. „Wusstest du davon?“

Quinn runzelte die Stirn. „Kann ich nicht behaupten.“

Valerie schüttelte den Kopf. „Das Franchise hat ein Grundstück in der Nähe der Innenstadt gekauft.“

„Wo?“, fragte Paxton.

„Ich habe die Straße vergessen. Die, in der ein Haus Feuer gefangen hat und bis auf die Grundmauern niedergebrannt ist. Das Haus war ein Gesundheits- und Sicherheitsrisiko. Die Stadt hat es abgerissen, das Fundament stehengelassen, und die Wohltätigkeitsorganisation hat es für einen Spottpreis gekauft. Owen hat versprochen, es in eurem Terminplan unterzubringen, also kann es losgehen. Der Sender liebt die Idee von Wohltätigkeitsarbeit und wegen der Popularität von *Construction Cousins* ist Tuckers Bluff jetzt bekannt.“

„Großartig. Als Nächstes werden Leute aus anderen Bundesstaaten hierher strömen und die Einheimischen aus dem Markt drängen.“ Quinn stieß bei seinen eigenen Worten einen Seufzer aus. „Anwesende ausgenommen.“

„Verstanden.“ Sie schüttelte den Kopf. „Ich dachte wirklich, Owen hätte alle über die Einzelheiten informiert. Jedenfalls, der Grund, warum ich mir euch beide geschnappt habe, ist, weil Owen gesagt hat, ihr würdet in dieser Sache auf dem Laufenden sein.“

„Wir?“

Sie nickte. „Das hat er gesagt. Die Regeln sind die gleichen wie bei allen anderen Wohltätigkeitsprojekten. Die bedürftige Familie wird so viel mitanpacken, wie es die Zeit erlaubt. Alle werden ihren Teil beitragen.“

„Haben sie irgendwelche praktische Erfahrung?“ Paxton war nicht begeistert davon, jemanden auf einer Baustelle zu haben, der keine Erfahrung mit Elektrowerkzeugen hatte. So landeten Leute in der Notaufnahme.

„Keine Ahnung, aber die meisten Leute, denen ein erschwingliches Dach über dem Kopf angeboten wird, sind lernbegierig.“

Paxton widerstand dem Drang, zuzustimmen. Die Manager des Senders waren ein Fluch für seine Brüder und ihn. „Ich fahre in die Stadt.“

„Jetzt?“ Quinns Augen weiteten sich.

„Owen hilft Jamison im O’Faredeigh’s. Ich denke, ein kleiner Plausch wäre angebracht.“

„Klingt gut.“ Quinn nickte.

Sein Bruder musste den Verstand verloren haben, wenn er den Bau eines ganzen Hauses von Grund auf in ihren vollen Terminkalender hineinquetschte. Obwohl er gerne für eine gute Sache schuftete, konnte er sich nicht vorstellen, wie das funktionieren sollte. „Was hat sich mein geliebter Zwilling dabei nur gedacht?"

„Oh, sieh mal! Ein Spielplatz." Sandra Lynns Sohn blickte sie mit Hundeaugen an. „Können wir nicht anhalten und spielen? Nur ein bisschen?"

Das Letzte, was sie brauchte, war ein weiterer Stopp. Nach einer so langen Fahrt wollte sie nur noch bei ihrer Mutter ankommen, die wenigen Sachen auspacken, die sie mitgebracht hatte, und die Vertrautheit ihres alten Zimmers genießen.

David war durch die lange Fahrt unruhig geworden. Sie konnte es ihm nicht verübeln, Fünfjährige und eine Autofahrt durch drei Staaten, darunter einem so großen wie Texas, waren nie eine gute Kombination. Die letzten sechzig Kilometer war er ihr auf die Nerven gegangen. Sie liebte ihren Jungen mehr als ihr eigenes Leben, aber sie würde nie wieder eine lange Autofahrt mit ihm machen. Nun ja, vielleicht wieder, wenn er fünfunddreißig war.

„Biiiiiitteee", David blinzelte seine Mutter an.

Okay, vielleicht würde ihnen beiden eine weitere kurze Pause guttun. Sie fuhr auf einen freien Parkplatz. Da die meisten Kinder in der Schule waren, hatten sie den Park praktisch für sich allein. Kaum hatte sie angehalten, war David schon aus der Hintertür gesprungen und sprintete über den Rasen. Direkt auf das Klettergerüst zu. Das wirklich hohe Klettergerüst.

Sie schloss die Augen und betete, dass ihr wilder

Sohn nicht mit einem gebrochenen Arm in der Notaufnahme landete. Dann öffnete sie die Augen und sah sich auf dem Spielplatz um, den es noch nicht gegeben hatte, als sie Tuckers Bluff vor Jahren verlassen hatte.

So viel hatte sich verändert, seit sie weggelaufen war, um Ed zu heiraten, aber ein paar Dinge waren noch so, wie damals, als sie die Stadt verlassen hatte. Das Café hatte sich kein bisschen verändert, obwohl ihre Mutter ihr erzählt hatte, dass Abbie, die Besitzerin, einen Farraday geheiratet hatte – einen der vielen Cousins, mit denen sie in den Sommermonaten in der Stadt und auf der Ranch herumgezogen war, als sie noch Kinder waren. Und natürlich die *Sisters* Boutique. So viele Städte hatten ihre Einkaufsmöglichkeiten auf der Main Street an große Kaufhäuser verloren. Es brachte sie zum Lächeln, zu sehen, dass Tuckers Bluff immer noch ein florierendes Geschäftsviertel hatte. Die Vertrautheit verdrängte die Anspannung, die für sie zu einem Teil ihres Lebens geworden war. Und da war das Cut'N'Curl. Polly war so freundlich, sie als Teilzeit-Shampoo-Mädchen einzustellen. Es war nicht viel, aber jede Arbeit war ein Segen. Es wäre ihr lieber gewesen, wenn ihre Heimkehr etwas Triumphales gehabt hätte, anstatt geschieden und mit eingezogenem Schwanz nach Hause zu schleichen. Aber sie war immerhin zu Hause. Das war das Wichtigste. Sie hatte sich endlich von Ed Morton befreit.

„Schau, Mommy, freihändig."

Sie blickte auf und zwang sich zu einem Lächeln. Gab es in Tuckers Bluff überhaupt eine Notaufnahme? „Sei vorsichtig. Ich rufe Oma an und sage ihr, dass wir in der Nähe sind." Sie holte ihr Handy heraus und wählte die Nummer ihrer Mutter.

„Sandra. Hey. Ich dachte, du wolltest schon hier sein."

„Wir haben ein paar Stopps mehr gemacht, als ich eingeplant hatte, aber das ist nun mal ein Roadtrip mit einem unruhigen Jungen. Wir sind in einem schönen kleinen Park in der Stadt. Wir werden nicht zu lange bleiben. Ich denke, wir sollten in einer Stunde zu Hause sein. Vermutlich ist es am besten, David etwas von seiner angestauten Energie abbauen zu lassen.“

„Gute Idee. Das ist wahrscheinlich, was er braucht. Er war stundenlang eingepfercht in deinem Auto und zu lange in dieser winzigen Wohnung.“

Ihr Mann – Ex-Mann – hatte auf einer schicken, modernen Wohnung bestanden, als wären sie ein frischverliebtes Pärchen und keine Familie mit einem Jungen, der frische Luft und Platz brauchte. Zumindest würde er das jetzt haben. „Danke, Mom.“

„Hab dich lieb, Baby, und lass ihn ruhig toben.“ Ihre Mutter kicherte. „Das machen richtige Jungs nun mal.“

Warum ihre Mutter dachte, sie wüsste irgendetwas über die Erziehung von Jungen, war Sandra ein Rätsel. Sie war selbst ein Einzelkind gewesen. Etwas, das sie für ihren Sohn nicht gewollt hatte, aber jetzt sah es so aus, als würde sich die Geschichte wiederholen. Nicht, dass sie von einer alleinerziehenden Mutter großgezogen worden wäre. Ihr Vater war der Beste gewesen. Er hatte ihr sein ganzes Leben lang das Gefühl gegeben, seine Prinzessin zu sein. Das war einer der schwierigsten Aspekte gewesen, als sie mit Ed weggezogen war. Ihr Vater hatte ihnen widerwillig eine Hochzeit organisiert, Ed aber klar gemacht, dass er ihn nicht guthieß. Beim erstbesten Vorwand hatte Ed sie nach Chicago geschleppt und sie nicht einmal zur Beerdigung ihres Vaters nach Hause kommen lassen. Sie hätte wirklich auf ihren Vater hören sollen. Aber dann hätte sie jetzt nicht ihren kleinen David. Sie blickte lächelnd zu ihrem Sohn hinüber, der jetzt so hoch schaukelte, dass sie sich fragte, ob die Metallbeine der Schaukel nicht gleich aus dem Boden gerissen werden würden. *Jungs.*

Als sie zum Sisters hinübersah, ging ihr eine Liste mit Dingen durch den Kopf, die sie brauchen würde. Sie würde David bei ihrer Mutter absetzen, damit er etwas von seiner Großmutter verhätschelt werden konnte, und dann zum Sisters laufen. Ihr Blick wanderte zurück zu ihrem Sohn. Oh, wie sehr sie diesen Jungen liebte. „Daddy, es tut mir leid, dass du deinen Enkel nicht aufwachsen siehst", flüsterte sie. So viele Dinge taten ihr leid.

ÜBER CHRIS KENISTON

Chris Keniston ist Autorin von vierzig zeitgenössischen Romanen und lebt mit ihrem Mann, zwei menschlichen Kindern und zwei Hundekindern in einem Vorort von Dallas. Obwohl sie beide Hunde gleichermaßen liebt, gibt sie zu, eine ganz besondere Bindung zu ihrem Deutschen Schäferhund aus dem Tierheim zu haben. Schließlich verdienen auch Hunde ein Happy End.

Auf www.chriskeniston.com erfahren Sie mehr über Chris Keniston und ihre Bücher.

Folgen Sie Chris' Montagsblog auf ihrer Website ChrisKenistonAutoren

Folgen Sie Chris auf Facebook unter ChrisKenistonAutorin